蜜汁炖鱿鱼

Go Go Squid

墨宝非宝 著

江苏凤凰文艺出版社
JIANGSU PHOENIX LITERATURE AND
ART PUBLISHING, LTD

图书在版编目（CIP）数据

蜜汁炖鱿鱼 / 墨宝非宝著. -- 南京 ：江苏凤凰文艺
出版社，2019.3

ISBN 978-7-5594-3124-0

Ⅰ．①蜜… Ⅱ．①墨… Ⅲ．①言情小说－中国－当代
Ⅳ．① I247.5

中国版本图书馆 CIP 数据核字（2018）第 295606 号

书　　　名	蜜汁炖鱿鱼

著　　　者	墨宝非宝
责 任 编 辑	曹　波　刘洲原
特 约 编 辑	晏杰然　张梦璇
出 版 发 行	江苏凤凰文艺出版社
出版社地址	南京市中央路 165 号，邮编 210009
出版社网址	http://www.jswenyi.com
印　　　刷	雅迪云印（天津）科技有限公司
开　　　本	880mm×1230mm　1/32
印　　　张	9
字　　　数	266 千字
版　　　次	2019 年 3 月第 1 版　2019 年 8 月第 11 次印刷
标 准 书 号	ISBN 978-7-5594-3124-0
定　　　价	45.00 元

（江苏凤凰文艺版图书凡印刷、装订错误可随时向承印厂调换）

目录
Contents

楔子　菊苣的初恋	005
第一章　电竞	009
第二章　职业选手	019
第三章　职业俱乐部	028
第四章　Gun 神	038
第五章　大魔头	049
第六章　创始人	058
第七章　情敌	069
第八章　个中高手	079
第九章　相了个亲	089
第十章　分手倒计时	101
第十一章　耳朵袜	111
第十二章　小软件达人	124
第十三章　礼物	134

PLAY

目录
Contents

第十四章 从头开始	145
第十五章 韩商言	156
第十六章 歌姬	165
第十七章 随队	175
第十八章 想念	187
第十九章 密室风暴	197
第二十章 本座	210
第二十一章 我喜欢你	221
第二十二章 大忽悠	232
第二十三章 学长	244
第二十四章 远古传说	254
尾章 一辈子那么长	266
番外 酒 X 酒	271
番外 新年糖豆	275

PLAY

想知道什么叫一见钟情吗?

就是这一秒。

就是现在,她对面前隔着一个柜台的男人一见钟情了。

佟年低头,手指在键盘上噼里啪啦地敲呀敲,明明想要建立一个新密码,可脑子里却在拼命地回想,前一秒,他对自己说"包夜"的时候,自己究竟有没有对他笑?好像嘴角有上扬,还是纯呆?

好不容易完成了新密码的设置,她抽过来一张纸条,抄上账号和密码。

"嗯……包夜从十一点开始算时间,六点结束。这里通常七点关店,到七点也没问题,"她把纸条放在桌上,用自己认为最可爱好听的声音,装作温柔体贴,还捎带点软萌萌的眼神,对他说,"啊,这里,"她指了指身后的柜子,"还有方便面和饮料,你如果饿了,可以随时叫我,我可以给你烧热水泡面的。"

被她放电的男人,似乎没太认真听,随便地点了头,将纸条从柜台上拿走。

多一眼都不看陌生女孩……

绝对是个好男人!

原本是被好基友兼好闺密胁迫,帮他看一个小时网吧,没想到就这么不由自主地坠入了情网。在男人自己走进去,挑了个靠窗的角落位置后,她已经做了决定,今晚要编个善意的谎言不回家,在这里免费帮男闺密看整晚的网吧。

所以当好基友拎着两盒关东煮归来,发现佟年躲在柜台后,暗戳戳地拆开一盒方便面、顺手拿了几袋辣条、泡椒鸡爪的时候,脸上竟还挂着一副陷入热恋的表情时,他被深深震惊了。

"嘿，干什么呢？"好基友以为她准备趁自己不在偷吃后，把账记在自己头上，从身后，伸出爪子，拍了拍她肩膀，"偷吃也别偷吃得这么没品位，柜子里还有费列罗。"

"真的？"佟年有些手忙脚乱，将这些都放在刚擦干净的托盘里，头也不抬地命令基友，"快，交出来。"

基友有些窘迫。

他乖乖把自己私藏的，准备后半夜吃的整盒费列罗交了出来，还想着佟年能给自己留几块，没想到后者直接拆开，放在了托盘里。

然后端着丰盛的消夜"套餐"，走向了网吧一角……

紧张。

好紧张。

明明穿着平底鞋，却觉得自己随时可能会摔倒，越是怕泡面的水洒出来，越是端不稳。早知道……就给他准备 UFO 炒面了……

就在泡面的汤水被洒出第二次时，她终于站定在他身后，目光有些闪躲，到处看了一圈，才勉强镇定："嗯……你好。"

天啊，怎么声音这么涩。

开什么玩笑，这可是身为歌姬的美好嗓音呢……

男人没反应。

网吧的耳机仍旧挂在原位，他用的是私人带来的黑色头戴式耳机。这画面、这构图，男人好看，一定要戴耳机好看，这绝对是她从小到大的特殊审美认知。这男人从进网吧开始，所有的一举一动，举手投足，都正中红心。

电脑屏幕上有放大的游戏窗口，应该正在玩游戏，可他明显没有用键盘啊。佟年伸出食指，轻轻戳了戳他的肩后。

面前人察觉，终于回头。

她将托盘轻放在他面前："这个……是本网吧的消夜套餐。"

"哦？"他先是表现出了意外的表情，而后，却很快判断出了是什么状况，"多少钱？"

原来是推销食物的。

现在的网吧已经流行推销了吗？不过，十块钱包夜，也的确赚得太少。

他如此想着，便有些懒散地，从椅子上挂着的外衣口袋里摸出一沓人民币。

"啊？不要——"

"三十，"忽然，身后的男孩子冲过来，手搭在她肩膀上，笑嘻嘻地说，"单价算要四十，套餐三十。"

佟年马上涨红了脸，不停地给基友使眼色。

基友装着没看见。

两个人眉来眼去的神情，落在面前男人这里，就成了"小情侣为价钱而起了争执"。他再次"哦？"了一声，将五十放在桌子上："那麻烦你们，帮我再拿一罐雪碧，谢谢。"

于是，对话就这么结束了。

她预演的一切都没开始，就结束了……

第一章

电竞

佟年回到柜台后，一边咬牙切齿，一边埋头苦干，将刚才拿过去的食物一一登记，然后开始加加减减，绝对多一分钱也不让基友赚。

基友豆奶的手颤巍巍地伸向五十元钞票，被她一个眼神所震慑，又缩回了手："我是怕你被人骗了，才试探他是不是落魄大叔。我家可是开网吧的，对这种来包夜玩游戏的男人太了解了，绝大多数是生活不如意，这个大叔也就皮囊好一点，"他说着，还远远看了一眼那人的背影，有些违心地说，"也就好那么一点点吧……"

佟年继续算账。

"你别不理我啊，鱿鱼菊苣？鱿鱼巨巨？密室大大？鱼大？鱿小鱼？鱼小鱿？"基友换了各种二次元称呼，都换不来她一眼，终于求饶，"我帮你，帮你。"

"真的？"佟年立刻抬头，眼角眉梢都是笑。

"送他一周包夜？说是抽奖抽的？哎，包夜不行，要一周全免，他才有可能随时想到，就能来。"豆奶边说，边捧住滴血的心。

佟年灵光一现："好主意！"而后又悄悄用眼神瞄了瞄那里，"你去。"

"又是我？"基友瞠目结舌。

"还有……"佟年想了想，压低声音，告诉他，"你就和他说是当场抽奖，只要用微信扫网吧的二维码，就能抽奖了，拿出当初你被传销机构洗脑后做了两个月传销员的功力。"

"……我们网吧没公众微信啊。"

佟年低头看自己的手机，挣扎两点五秒后，狠心把微信名改掉，交出手机："用我的微信。"手机上，她的微信赫然改成了：今夜有缘。

这是网吧外挂着的招牌——今夜有缘网吧。

豆奶心领神会，忐忑不安地攥着手机去行骗了。

……

结果……那天深夜，她的微信发生了两件大事。一是，加了一个叫"Gn"的男人，还有就是她的微信粉丝群彻底炸开了锅。她的粉丝们都不相信自家高冷傲娇的"密室の游鱼"，竟然忽然改名为"今夜有缘"……菊苣一定被盗号了！

……

她的心默默滴着血，索性就当被盗号了，一个消息都不回复，就盯着那个刚刚加上的账号傻笑。

来得太容易反倒不真实了……

观赏了那个黑乎乎，不知道是什么截图的头像足足半分钟，才又小心翼翼地打开了朋友圈。

嗯?

除了转发游戏新闻，竟然什么都没? 对于一个只会玩《连连看》，还屡战屡败的日翻歌姬来说，这些简直就是天书啊。

更郁闷的是……

"豆奶，你是游戏渣吧? "

"是啊! "豆奶笑嘻嘻，没有丝毫羞愧感，"可渣可渣，简直史上第一渣啊! "

"……"

算了，明天找个懂行的吧……

凌晨两点，豆奶就困得打瞌睡了。

网吧里，所有人都戴着耳机，安静得很，只有个中年大叔在开着视频聊天，嘻嘻哈哈地网恋……而她，也撑着下巴犯困，手里的铅笔就在纸上胡乱画着，作为一个歌姬，她画画的功力尚浅，还不能把那个背影画得很帅。

有机会要好好练练。

她默默想着。

忽然，男人站起来。

她马上挺直背脊，将纸悄悄压在胳膊下。

男人拎起外衣，走过来。她心跳急速，只能垂眼，看着他的卡其色休闲长裤和那双黑色板鞋，一步，两步，三步，走向自己……

不行不行，快，呼吸。佟年，要坚强，要表情正常，眼神别抖！

咦？怎么直接出门了？

"你……你……不是包夜吗？"她眼看着他走向门外，急着开口，"刚，刚过两点啊。"忙不迭地去看时钟，没错啊，两点啊，这么早走干什么呢……

Gun 堪堪停住脚步，转过身。

他额前头发有些乱，应该是刚才困了的时候，随便用手拨弄的，目光却很清醒，甚至有一种穿透人心的力量。此时此刻，不知道是因为累，还是懒得应付，他的表情实在有些寡淡，让人看不出下一秒的情绪。

"两点了？"似乎才察觉到时间，他挑了挑眉毛，自言自语，"两点还不晚吗？"

"还，还行吧，"咦？我在说神马……她马上找回自己七零八落的意识，将预演了无数次的话说出来，"这是找你的零钱，恭喜你中奖，欢迎下次再来。"

十二块五角钱放在他面前，明显再次打折了。

"下次？你每晚都在？"

啊？

他这是……

佟年心中燃起了希望的小火苗，呼撩呼撩，瞬间就把整个人都烧红了。

小姑娘的表现落在他眼里，就不得不开始自我审视审视，是不是自己给人家造成了压力？他瞥了眼睡在角落里昏天黑地的女孩的"男朋友"。

他下一句原本是"小姑娘晚上看网吧不安全"，不过看姑娘现在的表情，应该把自己当作"不安全"的坏人了吧？

于是，Gun 清了清喉咙，尽量让自己显得纯良无害，居高临下、笑容可掬地告诉她："不要怕，我也就随口问问。"

说完，连钱都没拿，推门走了。

等……等……

我……不介意……你问……啊……

她看着那扇仍在晃动着，还没彻底关牢的大门，整个人都被沮丧的潮水淹没了。

★★★★★★★★★★★★★★★★★★

清晨，Gun 被门外的交谈声、脚步声吵醒，从沙发上坐起来。然后，又再次低头，想让自己彻底清醒过来。才睡了半个小时……实在头疼。

好像……今天上午是攀岩活动？他模糊地找到了这个意识，然后仍旧有些慢半拍地站起身，摸到门把手，按下，开门，走出。

同一时间，他从裤子口袋里拿出一块糖，剥开，用牙齿咬住，慢慢走着，慢慢吃着。

眼前，是走来跑去的大男孩，都穿着俱乐部统一的户外运动服，红白相间的样式，说实话，有些丑。但没办法，是赞助商指定的颜色。

他仍旧三分清醒七分睡意，弧度漂亮脸上很明显地写着：闲人勿扰。

可惜，偏还就有人不识相……

"欸？老大？昨晚去哪儿了？"

"有事？"他那眼睛勉强睁开，扫了一眼声音来源处。

"没……"对方咬住嘴唇，转身就逃。

"有事就说，"他一把抓住对方，懒洋洋地将身子靠上去，脸上竟还露出个浅浅的梨涡，"我又不会吃了你，嗯？"

整整一个星期后，佟年的心情已经沉入了深海。

微信白加了，无论她是发"贴心问候""天气预报"，还是发"促销消息"，甚至是"再次获奖的诱惑"，对方都毫无回应。

一定已经把自己拉黑了……

她趴在床上，麻木地转发着自己即将参加的"动漫嘉年华"和"冬日漫展""冬日游戏展会"的广告。一条条微博下，都是粉丝们激动的留言。作为一个非常容易被网上言论影响心情的玻璃心，她很怕和网友互动，所以微博基本就是转发活动、发歌、商业合作。

直到，豆奶拨来第七个电话，她才没精打采地接起来："喂？"

"鱿小鱼，"电话那边的声音很低，故意装着神秘，"我有个办法能找到那个人。"

"真的？！"

她立刻坐正，险些把电脑踢下床。

"真的，我找了个高手帮我从主机里调出了他那天的屏拍！刚才让我兄弟辨认了下，是最新的团战游戏《GOD》。"

"我知道……"她失望，"那天就看到了，我也特地找人问过。"

"你这种游戏白痴，问得那么肤浅，怎么可能有好料？"豆奶笑嘻嘻，声音压得更低了些，"我能告诉你他在的服务器，他的ID。"

"真的？！"

"绝不掺假！我还给你借到了高级ID，这样才能在排位赛里遇到他。"

"……排什么赛？"

"排位！"豆奶其实也是刚恶补过，却在她面前很有优越感，"不和你这菜鸟说了，等我给你解决一切，再来教你。"

于是，当天晚上，豆奶就亲自跑来她家，问候过表姑妈和表姑夫，在一楼厨房蹭了几口麻婆豆腐以后，就钻进了她二楼的卧室。两个人从小一起长大，家里也不觉得有什么，甚至还想着，这个"表姑妈"也是顺口叫的，追溯上去根本没有什么血缘关系，说不定就真的成一对倒也省心了……

"啊……"房间里，佟年急不可耐地看着下载条，马上就好了，"所以，这个游戏就是，五个人一组，两组对打喽？"

"差不多，你听过LOL和DOTA没有？"

"啊，'撸啊撸'，"听倒是听过，就是总觉得LOL的昵称实在不雅，但对着"临时老师",她还是很老实地点头,"我去参加漫展时,他们也有周边展台。DOTA……好像是几年前流行的吧,读高中时候,班里男生经常去玩,现在还有人玩吗?"

这么落伍?

"有啊,DOTA出2了,现在最热的电竞游戏,奖金最高。"

"电竞?"

"电子竞技,就是……在电脑上玩的游戏比赛……"豆奶用最朴素的语言给她解释。

"网游?剑三?梦幻西游?"

"不是……网游就是花时间练级,每次上去级别都会累计的长期游戏……电竞,电竞……"

"好啦,以后再给我解释。"

电脑里已经下载好了《GOD》。

她完全没兴趣再听豆奶解释下去了。没关系,以后认识了那个男人,让他给我解释……怎么心里麻麻的……

她忍不住低头,将脸埋在手臂里,狠狠蹭了蹭,才算让自己正常一点。

此时,豆奶已经从口袋里郑重其事地摸出一张纸条,上边抄着一个游戏ID(用户名)和password(密码)。佟年接过来,慎重地放在桌上,一个个敲入了用户名和密码,登录。

很幽暗的一声剑气出鞘的响声。

登录成功。

茫茫然二十几个服务器名字的选框……

"嗯……紧接着,是服务器,要选择服务器,"豆奶又从口袋里掏出另外一张纸条,上边记录着那个男人留下的视频里的服务器名称和ID:"格瓦纳传说,Grunt。"

"Grunt?"她喃喃了句,"真好听!"

难怪他微信叫"Gn"。

没错，绝对是他！

"……我怎么不觉得，读着跟'滚特'一样。不觉得像骂人吗？"

切，她白了豆奶一眼。

接着，豆奶打开了第三个"锦囊"，里边是下午人家详细给他解释的，如何参加排位赛，如何邀请指定 ID，还有如何进入游戏房间，如何选自己想要操作的游戏角色，如何……两人觉得脑子里蒙蒙的，虽然认真读过了，但还是云里雾里。

"算了，先邀请吧……"

应该操作两下就会了吧，熟能生巧嘛……

于是，就按照系统搜索，很快，找到了 G 打头的名字，一排排看下来……忽然，两人同时深吸一口气，Grunt 在线！

心咚咚跳是怎么回事……

手指发抖是怎么回事……

她颤巍巍地点了右键，发送邀请。

等待。

漫长的等待。

忽然，跳过来一个对话框。

她的心又怦怦两下，点开：

"系统提示：对方正在比赛中，请耐心等待。"

"吓死我了……"她呼出一口气，抚了抚胸口，"我还以为他要和我说话……"

豆奶一副"你想多了"的神情，没好意思打击她。

结果，足足等了三十分钟，系统终于提示"对方比赛结束，请耐心等待对方答复"这样一行字。她好像是面对着这个所谓的"对方"，大气都不敢出，直到，系统真的提示她："Grunt 已经接受了邀请，请耐心等待系统随机抽选八人。"

"他接受了！接受了！"

"嗯……嗯……别紧张，一会儿我们进去，要淡定打招呼知道吗？"

"嗯……嗯……"她也没管豆奶这种没大没小的口吻，直勾勾地盯着屏幕。

也不知道自己究竟选了什么角色，就这么迷迷糊糊进入了游戏。

很漂亮的游戏画面。

今天正好是圣诞前夜，所以特地有了降雪的场景。

佟年顾不得欣赏这精致的3D画面，一进入游戏，就开始在屏幕上到处找他的名字。咦？怎么没有？明明有十个人进入游戏，眼前屏幕上怎么只有五个角色？

还包括自己……五个人。

"坏了，他选了对手阵营，"豆奶郁闷，"你看不到他了，除非你在公屏喊话，或者和他碰见才能看到他。"

"啊？"佟年奇怪，"为什么要等碰到，我不能去找他吗？"

"……也行吧。虽然是敌人，也可以打个招呼嘛。友谊第一，比赛第二。"

于是……几秒后，余下的九个人就看到游戏画面里，一个ID什么装备都没买，就这么丧心病狂地，一步一步跑出了自己的基地，沿着地图显示……蹦蹦跳跳地向着敌人的老家跑了过去……

看上去……还挺欢快？

★★★★★★★★★★★★★★★★★★★★★★★★★★★★★★★

Grunt眉毛都没挑一下，毫不留情地两刀干掉面前手舞足蹈……不停说"你好"的人。

还发表情？神经病吗这是？

"这哥们儿……"97盯着自己的电脑屏幕，"被盗号了吧？"

"……这得多大仇，特地盗号，特地邀请 Grunt 杀自己？"

而那个杀人的 Grunt，却感觉很不痛快，他用食指推了推自己的眼镜，皮笑肉不笑地招来一个小弟："来，你帮我打一局。"他可不想把时间浪费在盗号贼的身上。

他说完，从电脑前站起来，伸了伸懒腰："老大呢？"

"补觉呢，刚从芝加哥看完比赛回来，还在倒时差。"

97笑得暧昧，接话："对了，我那天听见他微信在响，他不是从来不用微信聊天吗？恋爱了？"

"不是，一个网吧加了他，一直发广告，我说帮他拉黑，他觉得这样打击人家销售的积极性，不让拉黑，就让我设置静音了，反正发了他也不看。"

Grunt 倒是意外："老大什么时候这么好心了？"

"良心忽然发现了吧。"97随口说。

众人窘。

Gun 这大魔头有"良心"这种东西吗？

整个晚上，她都沉浸在苦闷的情绪里，房间里气压低得可怕。最可怕的是，她后来再发邀请，Grunt 都不接受了……不接受了……不接受了……

就这么，在床上辗转反侧到凌晨三点，终于忍不住，在黑暗中猛地坐起身。

一定是人物选择出现了问题。

那个人物太丑了！

一定是。

于是她悄悄把电脑打开，为了防止爸妈看到房间里的光，将床上的毯子拿下来，用电脑显示器搭了个小帐篷，自己钻了进去。迅速开机，打开桌面快捷，进入游戏……欸？账号密码呢？她又在桌上翻了半天，终于从一个键盘底下拿出来，小心翼翼地输入。

几个小时前，她可是孜孜不倦地发了七八次邀请……都被直接拒绝了。现在……

虽然心虚虚的，还是一个字母、一个字母地敲完了 Grunt 的名字。

然后，回车。

在线？！

他不睡吗？这么拼命？

难怪豆奶说，他是宗师组的账号……额，宗师组是什么……忘问了。

总之，听到"宗师"就想到一代宗师，很拉风就对了。

可怜的她，对这款游戏是什么还没概念，已经学会熟练邀请人对战了。

欸？

没立刻拒绝？

忽然，蹦出了提示框："Grunt 已经接受了邀请，请耐心等待系统随机抽选八人。"

接！受！了！

等等！她马上发过去一条私信："我……能和你一组吗？不要做敌人，行吗？"

没有任何回复。

……

系统开始进行游戏读取，进入选择角色界面。这次她再不敢随便选选了，在一百多个角色里，仔细翻找，有没有可爱又萌，一看就不忍心去杀的角色？很快，她翻到了一个萝莉造型，还骑着……一只大猫。

萌萌的，又可爱，就她了。

随着一声闪电掠过的声音，画面全开，她迅速扫了一眼面前的所有 ID，有 Grunt！和昨晚的人物不同，他这次选的角色……嗯，是个恶魔造型，更帅了。

她默默地，往他身边挪了两步，见他没反应，又挪了两步。

最后，索性大胆地挪到了他身边。

咦？他没躲开？那就是不反感喽？佟年蒙在毯子里，一边擦着显示器表面因为哈气蒙上的水雾，一边傻乐。

还没乐上几秒，众人已经买了装备，纷纷离开老家。一共有上、中、下三条路，Grunt 似乎没有任何犹豫，沿着中间那条路，一路而下。

佟年马上就屁颠屁颠跟着他跑起来……

中路1人，这不是……公认的常识吗？

公屏上，队友先后昏倒：

"骑着大猫那哥们儿……疯了吧？"

"靠，这星期碰上两个盗号的了，不会又来了一个吧？"

……

佟年茫茫然，骑着大猫，站在 Grunt 身后，不知道自己又做错了什么。

不是出生在一个地方吗？不是队友吗？为什么不能跟着队友？互相帮

助不可以吗？

"我……和你是一组的队友吧？为什么不能跟着你？"她终于……鼓起勇气向面前人求问。

"……"Grunt。

他回我了！！真的回我了！

佟年瞬间忘记自己的疑惑，开心地骑着大猫，绕着他跑了好几圈："你好，你好，Grunt，我是鱿小鱼，第一次玩游戏，真的！真的！好兴奋，捂脸，不知道该说什么，我会努力学的！你千万不要嫌弃我！"

"……"Grunt。

她完全忘了，自己顶着本服务器宗师组的账号……

且大陆天梯排名九十七……

然后就这么操作着在中国大陆全部二十四个服务器、三百多万游戏玩家里，排名九十七……的 ID，围着 Grunt 问："是用 Q、W、E、R 和 A、S、D、F 发动攻击对吧？我在官网上看过攻略了，还跟着电脑练习了好几次。"

于是，三秒后，队友公屏上出现了一行字。

Grunt：非盗号，被家里小孩子偷上了 ID，各位，好自为之。

众人绝倒。

这就意味着，他们不只要损失一个战斗力，还要保护这个 ID，防止他被敌人杀掉。杀一次，就是送敌人一百金币啊……完了，只能当个佛爷供着了。

幸好，本队还有 Grunt 在，天梯稳定排名前十的职业选手。

"看见左边的草丛了？"Grunt 忽然问。

"嗯！看得很清楚！我显示器特别好，保证不卡！"

Grunt 沉默。

过了三秒："钻进去，直到游戏结束。"

★★★★★★★★★★★★★★★★★★★★★★★★★★★★★★★★★★★

Grunt 打着哈欠，从沙发上翻了个身，困顿地看了一眼刚关上电脑的 Gun：“老大，你就不能自己注册个号玩？为什么总用我的过瘾？”

“你说呢？”Gun 眼皮都懒得抬，“不帮你多赢几次，很快你就掉出天梯前十了。”

这显然是在质疑 Grunt 的能力。

“真不想注册玩玩？”Grunt 早习惯了散漫毒舌的老大，练就了一身自动过滤嘲讽的功力。

“怎么？真想让我注册？”Gun 随手将键盘推入电脑桌，站起身。

“想啊，还没和老大打过排位赛，不太甘心啊。”Grunt 一本正经地将无框眼镜戴上，舒展着筋骨，刚想从沙发上爬起来，迎面就飞来一个巨重的文件夹。

“我要注册了，还有你们什么事儿？去，让他们把这些都填了，交给领队，办签证。”

那一整局。

佟年都和显示器一起蒙在毯子里，乖乖地盯着屏幕，不敢动一下鼠标……

凌晨六点，豆奶就被她的电话吵醒了，听她激动的语气跟被求婚了似的。

“……所以，你真的和他一起玩游戏了？”豆奶打着哈欠。

“嗯！”佟年少女心已经泛滥到无边无际了，拿着电话，现在回想起来还有些不好意思，“他估计知道我不怎么会玩，都不让我出草丛，特别保护我……”

“……”豆奶竟无言以对。

虽然他也是个游戏渣，但还是有这种基本概念的，这种游戏就是靠不停杀人、不停赚钱才能买装备，才能赢。

所以，谈什么保护，他又不是雷锋。

这分明是嫌弃你技术渣好吗？我的大小姐……

"可我这么一直被他保护也不好吧？会不会太累赘了？"佟年自觉自发地检讨了一下。

"……嗯，对……嗯……据说这种游戏有辅助位。"

"辅助位？"

"就是……就是帮人忙的。"豆奶也不知道对不对，顺口胡诌。

"真的？加血吗？加蓝吗？"佟年只听其他玩网游的好基友偶尔提过。

"差不多吧，"豆奶嗯了声，"肯定差不多，你去看攻略。"

"嗯！"

于是挂断这个粉红得冒泡的电话，她就开始准备今天的玩游戏日程。

下午，不在？

好吧，等晚上……还不在？

额，好，等半夜……

趁这个机会，她好好上官网研究了一下自己这个骑着大猫的萝莉。竟然不只八个攻击键，还有各种辅助技能……她拿了个笔记本，认真记下每一个功能，还有论坛里一些人的各种建议，杂七杂八，抄了好几页纸。

半夜三点，闹钟在枕头下忽然响起来。

她猛地坐起来，手忙脚乱地按停闹钟，抱着毯子爬到显示器上，熟练地将自己也一起罩起来，开电脑、登录游戏、搜索……在！

而且邀请和接受都意外顺利。

她轻车熟路进入角色选择，找到骑着大猫的萝莉，有些忐忑和激动地等着其余九个人的选择。忽然，系统提示："有1名玩家退出，请等待新玩家加入。"

额？发生了什么？

新的玩家补上来。

游戏画面打开。

佟年迫不及待地环视一圈，发现他就在自己身边。忽然，众目睽睽下，Grunt 的周身发出一圈红色光环，一秒消失。

……

众队友绝倒。

发生了什么，系统 bug 吗？还没开始就加血？

不对，不对……这又不是 RPG 网游啊，是竞技游戏啊。为什么要加血……早期自备血瓶啊，后期谁还管什么血不血，都是杀杀杀啊！

佟年乐滋滋地，在技能五秒冷却后，又往 Grunt 身上扔了个加血。

……

最悲催的是……

"G 帅？G 帅？掉了？"

"好不容易等到 Grunt 上线……"

"是啊，自从开了《密室风暴》，G 帅都很少刷这里了！"

密室风暴？

她默默记下这个名字，是他最近常玩的游戏吗？那又是什么游戏？

★★★★★★★★★★★★★★★★★★★★★★★★★★★★★★★★★★★★

黑暗中，Gun 刚拿起一块毛巾走过来，他发梢滴着水，落在肩膀上，再顺势流下去。因为刚洗完澡，也就随便套了条牛仔裤，还没系好扣子。

上身更没穿衣服。

"搞什么？"他发现自己被加血，抬眼看了眼屏幕。

这不是昨天那小孩吗？怎么还来？刚刚都没注意。

麻烦……

他随便擦了擦头发，那被抹去水滴的黑色短发，仍旧湿漉漉的，凌乱地垂在额前。似乎，那漆黑的瞳孔里有着一抹光，忽然多了些……兴致盎然。

他无意识地舌尖舔过下唇。

多个捣乱的也不错，以四打五很刺激，不是吗?

★★★★★★★★★★★★★★★★★★★★★★★★★★★★★★★★★★★★★★

于是，游戏里，众人就眼看着 Grunt 一路向着中路而去，而那个骑着大猫的萝莉就欢快地跟在他屁股后边，每隔五秒，往满血的 Grunt 身上扔一个加血技能……

同时，队友频道里:

Grunt：我家小孩，我会担待。各位管好自己。

佟年忍不住，两只爪子都捧住了脸。

无声地啊啊啊啊啊了足足三秒。

直到 Grunt 消失在屏幕上，才胸口怦怦跳着，赶紧骑着大猫迅速跟上。

他说"我家小孩"！我家……我家……

我是他家的……

我一定好好给你加血!

频道里，众队友释然。

原来是 Grunt 带着自己人玩呢，那就不管了，Grunt 作保，一定不会输。

鸭灭爹：哈哈，好说，G 帅，是你的人就懂了。

Cookicooki：Grunt！请收下小人的膝盖！加入 K&K 是我毕生的梦想!

一卡通：老 G，半夜三点不睡上来撸，还带着一个号，不会是陪妹子玩吧? 哈哈哈哈。

这……

佟年的脸红扑扑的，被调侃得十分不好意思。

既然大家都说话了，我也该说几句吧。

于是，几秒后，众人就看到公屏上 Grunt 的"我家小孩"说：

帅的一 B：喵，这里是鱿小鱼，请大家多关照。

鸭灭爹：……

Cookicooki：……

一卡通：……呵呵呵呵，你好啊……

佟年茫然。

她骑着大猫，紧紧跟上 Grunt："是因为我这个 ID 名字不好吗？他们好像不太热情。"

"帅的一 B"这种名字的确……太……

"……" Grunt。

"……那，我要不要重新注册个账号？你等等我？最多十分钟！"

Grunt 沉默。

"那……"

Grunt 打断她："加血，不要停。"

"哦，哦，嗯，嗯！保证完成任务！"

她立刻严阵以待，眼睛一眨不眨地盯着屏幕，只要加血技能 OK，立刻扔在 Grunt 身上。于是……全场九个人就一直看着满血的 Grunt 身上，不停地、不停地冒着一股股红光。

众人……呵呵呵呵呵……

G 帅他……好有情趣……

第三章

职业俱乐部

连着几天熬夜，简直是精疲力竭。

四点从游戏里退出，终于鼓起勇气，试探地问了问 Grunt，下一次上线是什么时候？ Grunt 回复：不定。很快从游戏闪退。

她都没来得及请假，因为自己要有两天不能上线了。

凌晨四点，四周静悄悄的，爸妈还在楼下熟睡。

可她就要开始准备行李走了，七点的飞机去外地参加冬日祭。主办方提供一晚住的地方，正好和当地好友聚一聚。她一边给自己泡了杯热蜂蜜，一边拿着宣传资料，仔细看了眼。很快，视线就被《密室风暴》吸引。

欸？欸？

她眼睛放光。

……

她一路就盯着《密室风暴》的介绍，盘算着要那些熟悉的工作人员帮自己介绍，一定要介绍给游戏公司的负责人，看能不能客串一些游戏角色的COS。

他这么喜欢这款游戏……如果有一天看到游戏主页上忽然出现自己的COS照……

完，手心怎么麻麻的……

她有些脸红，狠狠搓了搓手心，继续挤在一堆旅客中，等着自己航班的行李被传送出来。

CA3901啊，又不是自己那班……

她看手机，时间倒还早，就是怕太晚赶过去，来不及开嗓就丢人了……

等将手机放回到羽绒服口袋里，她忽然看到，对面有几个个子很高的男人，都穿着红白相间的羽绒服，像是运动员统一的运动服一样。

碰上篮球队了？足球队？她猜测着，好奇地多看了两眼。

那些人正在逐一提走行李箱，不知是谁，叫了句"老大，妥了"。

"哦。"在众人身后始终坐在行李车上玩手机的男人忽地站起身，头也懒得抬，继续一边玩着手机，一边转身向着出口而去。

幻觉？！

她目瞪口呆，刚想挪动步子，传送带忽然开始动起来。

一个个行李被传送出来，"哐当""哐当"地掉落在传送带上……佟年真是心都碎了，眼巴巴地看着那些人一个个走出去，远离，直到背影消失……

他是运动员？

佟年胡乱猜着，银色的行李箱从面前过去了，这才惊醒，忙拿起行李箱，一路疾行而出，想要追上他们，起码要看看队服上是什么标志啊。

没想到，机场外已经空空如也。

结果就是因为这场偶遇，她整个活动大脑都处于游离状态，除了在开场时上台，反射性地进入状态，飙了首《空境》，连下台粉丝们跑过来塞给她一堆堆小礼物都有些慢半拍，始终不在状态。

"鱿鱼殿下，"负责活动收尾的好基友蓝莓低声调侃她，"高冷又入新境界啊。"

"啊？"佟年茫然地看着她。

蓝莓扑哧一笑："不逗你了，你说你，上次背雅思单词，背到忘我，忘了起身答谢粉丝，被人黑，忘了？"

哪里能忘，在家偷偷哭了两天呢……

"你知道，这里最近有什么比赛吗？篮球赛？足球赛？或者什么……他们职业运动员不都集训吗？"蓝莓被问傻，摸了摸她脑门儿："次元错乱了吧？歌姬怎么关心起篮球赛了？不是该关心动漫新番吗？"

佟年叹气，有些郁闷地吹着自己的刘海，毫无头绪。

"对了，你刚才问我的《密室风暴》，那个游戏好像最近在职业联赛。"

"啊？"佟年又是眼神茫茫。

"就是打游戏的职业选手，开始今年的新一轮比赛了，我老公是电竞迷，特地和我一起来的，就是为了看比赛。说是……三点？"蓝莓抬腕，看了看，"已经开始了。"

"职业选手……"佟年继续消化这个新词，"会和运动员一样，穿统一的队服吗？"

"当然会啊，特别正规。而且真正的职业高玩赚得特多呢，据说今天有个队，这半年每人的奖金有……八十万？"

……

应该……不会……这么玄乎吧？

她像是找到希望，摇着尾巴求蓝莓打电话给她老公，问是不是有个队穿着红白队服。没想到答复，竟是真的有！"那我们去吧。"佟年立刻站起身，我要看比赛。

"我去不了啊，"蓝莓用食指戳了戳她的脑门儿，"鱿鱼殿下，我要等到整个展会结束，做收尾表演的！这样吧，我给我老公打电话，让他给你地址，你自己去。"

"嗯，嗯。"

于是她这个开场表演嘉宾就这么消失在了展会上，拖着行李，连下榻的酒店都来不及去，就按照那个陌生地址找到了一个小型体育馆。在门外转悠了好半天，才算找黄牛买了一张门票，进去后，气喘吁吁地坐下，看着大屏幕上激烈的比赛画面，才觉得，好像自己真的找对地方了。

可扫视一周，根本没有红白队服啊。

去哪里了呢？

"这里没人？"身后忽然有个声音问她，"没人我坐了。"

佟年瞬间孬了毛，转身，目瞪口呆地看着已经脱下外衣，只穿了一件黑色短袖的男人从后一排座椅跨过来，顺势就坐在了她身边。

那双极黑极亮的眼睛就这么扫向她这里，他挑了挑嘴角："男朋友呢？

没来？"

"……"

"特地来看比赛？"Gun 看了眼她脚边的行李。

"……"

"忘了我了？"Gun 还以为自己吓到了小姑娘，试探性地问了句。

"……"

"别怕，纯粹打个招呼。"Gun 怎么觉得自己每次和这小姑娘碰面，都能把人家吓得不轻？他再次自我检讨了下，果断起身，"慢慢看，我走——"

忽然，他停住。

一只小手已经及时拉住了他的衣服……

于是，在距离两个人十几米远的主席台旁的 VIP 区，K&K 俱乐部众人正拎着各自的行李准备撤退，就这么远远地透过一扇偏门，看到最后几排没什么人的观众席上，自家老大被一个穿着蝴蝶结衬衫的萌妹拉住了衣服下摆。

除了一个戴着棒球帽，个子最高的男孩子依旧径直往前走，其余人都八卦地停下脚步。

大魔头和……一个妹子？

他还认识妹子？

莫非……

在俱乐部，Gun 可是出了名的未婚女性绝缘体，不招女队也就算了，连难得聘来的女领队也都已婚，绝对业内奇葩。所以，在俱乐部早有个隐秘传说：老大一定有个非常非常爱吃醋的大嫂。

"所以，"97合理推测，"这难道就是老大的女人？"

欸？怎么这么快松手了？

说什么呢？看把大嫂吓得脸都白了……

看台上。

"……我记得你，上星期在网吧，你中了奖。"佟年反射性地给自己打圆场。

结果话说完，就直接想一头撞死算了。怎么又是聊网吧，佟年你好无聊……

"哦，对，中了奖。"Gun 显然不记得了。

忽然，四周黑下来。

主席台上，主持人打开话筒开始热场，一连串地感谢着各种赞助商……在黑暗中，他看到选手休息区外，有人很焦急地对自己招了招手，看起来还挺急的。

"慢慢看。"Gun 草草地丢下这句话，跨过后几排空着的座椅，直接从最外围楼梯走了出去。

佟年看着他消失的背影，有些绝望地踢了踢箱子。

接下来怎么办呢？

她看了看四周，因为是比赛中途入场，只能坐最后两排。身边并没有人，而最近的观众也在两排之前，她想了想，很快跨过一排椅子，拍了拍其中一个男孩的肩膀。那人回头，本来有些不耐烦，但看到是个爆萌的妹子，立刻眼神都暖和起来。

"不好意思，我想问一下，穿红白队服的是什么队？"

男孩有些窘，看比赛竟然不知道是什么队，但鉴于妹子太萌，还是耐心回答："K&K，国内两大顶级俱乐部之一。"

……这么牛？

"那……Grunt 在里边厉害吗？"

"Grunt？！"

三个男孩同时回头，看她。

前星际2的职业高玩，年均收入八十万，现在更是 K&K 密室风暴战队的知名上单，超偶像选手，这名字根本就镶着金边好吗？

"G 帅超级厉害好吗！绝对的王牌选手！我的毕生目标啊，"其中一个男孩就是 Grunt 的超级粉，"我就是为了他来看的比赛，特地从苏州过来的！"

……这么牛？！

她一脸不敢置信。

然后几个人就开始给她普及 Grunt 的职业生涯，把佟年听得一愣一愣的。可惜 K&K 刚赢了双败赛，已经撤了。

撤了？

她更哀怨了。

既然他的战队已经不在了，待在这里也没什么意义。她拉着箱子，郁闷地从观众席出去，经过检票口的时候，还被门口两个警卫多看了两眼。显然，这两人实在不懂，这小姑娘十分钟前拉着箱子火急火燎地跑进去，现在又拉着箱子耷拉着脑袋走出来……究竟图个啥……

她也没顾上别人的目光，顶着呼啸的北风，往楼梯那里走。

"听说 Grunt 胃出血，竟然撑了整场，还赢了比赛……"

"职业选手也不好做啊，简直拼命。"

她猛地站住。

身边两个工作人员快步入内。

她大脑立刻空白，拉着箱子又追着，跑回了大门口，想要再进去，却被两个警卫拦住："出去了票就作废了，不能重复进出。"

"我真的急着进去，我才刚出来一分钟啊……"佟年急得一个劲作揖，"让我进去好不好，真的有急事！"

两个警卫坚持，完全不放行。

佟年继续作揖："真的真的，我发誓，我进去几分钟就出来，我把行李押给你们！"

"没关系，"忽然，有只手拍了拍她的肩膀，"我带你进去。"

佟年回头，愣住。这是谁？不认识。

97对着她笑："我有工作证，可以带你进去。"

不是坏人吧？她有些犹豫："那怎么好意思……"

97继续对着她笑："放心，我也是 K&K 的人。"

嗯？他怎么知道自己要去看 Grunt？

"我刚才在偏门看到你，你和老大在一起。"97耐心地解释，顺便隐晦地笑笑，"虽然你们坐得很偏……还是看到了。"

嗯？老大？

哦，对，在机场，他们就是叫他老大。

她点点头："那，谢谢你。"

97亮出工作牌，将佟年重新带入体育馆。他一路走着，一路暗叹自己聪明，果然这就是一直隐身的大嫂啊，没想到这么……萌妹？老大是怎么把人拐到手的？"怎么老大没给你弄个工作牌？"

嗯？

"我……没好意思要，刚才还没来得及说两句话，他就走了，"她一边想，一边说，"我也不知道要用工作牌才能进来，我买了票，找门口黄牛买的。"

而且我和他也不熟啊……

怎么好意思开口要……

"老大就是这样啦，"97笑眯眯地安慰她，"一有比赛就这样。不过这也太过分了，竟然让你自己买票？"

"应该的，应该的，"她忙摇头，"要支持你们嘛。"

看看人家老婆，多体贴！97默默给大嫂点了个赞。

等到了员工休息区，97环视一周发现没有 Gun 的身影，拉过来一个人问："老大呢？我把大嫂带来了。"

大嫂？！

什么大嫂？说我？不会是幻听吧？

"医生刚来，在小会议室呢。"那人很兴奋地看着佟年。

"医生刚来？"97使了个眼色：收敛点，小心被老大揍。

"Grunt胃出血。"那人也使了个眼色：大嫂漂亮啊。

"不是吧？"97被吓一跳，倒是来不及眉来眼去了，"刚刚还没事呢。"

"也是刚发现的。"

97"哦"了声，问佟年："在会议室，我们过去？"

佟年也顾不得什么大嫂了，忙着点头。

于是，97体贴地让她把行李箱放在了K&K休息区，然后就带着她绕过了一条走廊，推门进了会议室。房间里有一个医生和两个护士在给一个人做检查，那人就躺在三把椅子拼成的"简易床"上，看不到脸。佟年脚步顿了顿，觉得自己刚和他认识，这么过去有些唐突，可……听说他胃出血，看一看，慰问一句应该没问题吧？

她如此想着，便走过去。

站在医生身边，小心地说："我本来要出去了，正好听到工作人员说你胃出血……你队友就带我进来，看看你……"医生微笑地让开了一个空间，让佟年能靠近病人。

躺在椅子上的Grunt露出脸，攥着眼镜的手半挡住脸，在剧痛中，有些烦躁和莫名其妙地看向这个陌生的女孩。

欸？这是谁？

佟年呆住。

"老大，喏，我正好看到大嫂，就帮你带进来了。她一定以为我们都出去了，在外边等你，没等到，也没工作牌，被警卫拦下来了。"身后，97笑嘻嘻地说着。

佟年慢慢转过身。

身后十步远的位置，那个坐在窗边，穿着黑色半袖，披着外衣打电话的男人……

不然喏……你吃？

到底是谁吃出血啊？

第四章

Gun 神

他戴着一侧的耳机仍旧在听电话，漂亮的眼睛却分出一些精力，在佟年身上扫了扫，转而去看97："你叫她什么？"

"大，大嫂啊……"97有点腿软。

黑漆漆的眼睛，又扫回她："他为什么叫你大嫂？"

佟年快哭了："不知道……"

鬼知道这个人为什么要叫我大嫂……

他看了眼 Grunt："Grunt，你认识她？"

Grunt 闭着眼睛，摇头："不认识。"

"真的？"他狐疑。

"真的……老大你给我一刀算了。"

他眯起眼，再次看向佟年："你认识他？"下巴指了指 Grunt。

佟年超级委屈，狂摇头："真不认识。"

鬼知道他是谁……

他沉默了几秒，用英文告诉电话那边欧洲战队的负责人"继续说，不要停"。然后从窗边的大沙发里站起身，对佟年招招手，示意她跟自己进去一个小偏厅。佟年尴尬得连头都不敢抬，也没注意97那抹"老大御妻有方"的钦佩眼神，低着头，跟着他乖乖进了偏厅。

他比了个漂亮的手势：关门。

佟年立刻反手把门撞上。

他走到门后，打开空调开关，调好温度，将搭在身上的黑色外衣扔到空着的沙发上，又指了指她身边的椅子：坐。

佟年秒速坐下。

轮子一滑，险些没坐稳……

立刻纠正坐姿，才发现，好像不是没坐稳，而是轮子坏了……

可她觉得这里的气氛太诡异了，不敢动，只能这么尴尬地坐在坏了轮子的椅子上。直到他终于讲完电话，在她对面坐下。

"椅子坏了？"他扫了一眼她身下的椅子。

"啊？"佟年立刻摇头，"还好，没关系，可以坐。"

他疑惑看了眼椅子下的那几个小轮子，没再多关心，随手打开手机里的德州扑克，开了一局："如果没记错的话，我们是第二次见面？"

她答："嗯……"

Gun问："第一次是网吧包夜，第二次是刚才？"

她答："嗯……"

她低头，看着自己放在腿上、搅在一起的手，郁闷得快哭了。

刚才那一场乌龙在脑子里过了几圈，她大概就知道自己犯了什么错误，都是豆奶那个万年不靠谱的，竟然张冠李戴给错了名字。

叫Grunt的明明是那个戴眼镜的娘娘腔……

根本就不是他……

牌还不错？他下了5000注，继续问："那你在K&K还有认识的人吗？除了我？"

"没有……"

他再次确认："所以，你在这个体育馆里，只认识我？"

"嗯……"

"所以，你是来找我的？"

"啊？"她惊得抬头，矢口否认，"没，不是，我不是找你。"

难道要说我几天前对你一见钟情，上午又在机场看到你，立刻兴奋地满世界找你的消息，从日漫展会一直追到了电竞赛场吗？

当然不行！

他挑挑眉，将手机里的赌注都扔出去，成功吓走了所有对手，赢了一局，将无数筹码尽收囊中："那就奇怪了，你只认识我，却不找我……为什么要特地进入 K&K 休息区呢？"

"我……"她打了个结巴，"我就是路过，觉得好玩，看个热闹。"

"哦？看个热闹？"他弯了嘴角，脸颊露出一个浅浅的梨涡，"你坐飞机千里迢迢赶来，路过这个体育馆，觉得好玩，特地买了票进来看热闹。而后，又忽然听到有人说'有个叫 Grunt 的选手胃出血'，觉得这个叫 Grunt 的人好可怜，于是……就进入 K&K 休息区看望这个胃出血的倒霉鬼？"

他总结完，顺便还强调了句："哦，对，忘了说，这倒霉鬼你还不认识。"

她快哭了："我真不认识他，真的……"

虽然听上去很像狡辩……

Gun 将这些答案组合了一下，得出了个差不多靠谱的结论后，停止了提问。

看姑娘刚刚和 Grunt 说话的神情和内容，说不认识，不太可能。可偏偏两个人还异口同声咬定不认识对方，估计……是情债？小姑娘千里寻来却被拒绝，还为了保护他没有说出实情？

可为什么要说是我老婆呢？

让老板背黑锅？

他蹙眉，忽然觉得自己几个主力队员没几个省心的，怎么全是感情问题？

怎么不问了？

佟年又偷偷抬头，瞄了他一眼。没想到，再次被他捉个正着。

Gun 关掉游戏，语气揶揄："怎么？有问题想问？"

嗯？真的……可以问吗？

佟年迟疑半秒，鼓起勇气："你也是职业选手吗？"

"我？"他琢磨了会儿，"不算。"

"那他们为什么叫你老大？"

这个问题?

他还真没对外行人回答过,只模棱两可地说:"他们打比赛,我管他们吃穿住行。"

哦……原来和展会策划一样,负责组织所有的嘉宾来,安排吃住,安排整个流程……那工作一定很辛苦了。唉,那些职业选手,拿那么多奖,多风光,谁又能想到幕后人的辛苦呢。

佟年悄悄地,有些不好意思地想象了一下:万一他以后看到自己这么多粉丝,会不会吓一跳?会不会有压力?男人是不是不太喜欢女人比自己粉丝多……

忽然,有人敲了敲门。

"那个……老大,你和……"干咳两声,"是不是好了?"问的人声音颤颤巍巍,显然是被97胁迫来撞枪口的。

他慢悠悠地收起手机,不太耐烦:"有事?"

"……没,就是……饿了……"

潜台词:您和嫂子关在屋子里不知道干什么,让我们这一堆从上午到现在都没吃一口东西、可怜巴巴比赛的光棍儿们情何以堪啊!

"让大家先上车。"他低头,看了眼表,也觉得时间太晚了。

关于这个小姑娘……

暂且先由自己背着黑锅吧,晚上再搞她和 Grunt 的事。

他站起身,将沙发上的外衣拎起来,再次看了一眼她的坐姿:"你确定这椅子没坏?"

"没。"佟年嗖地站起来。

哐当一声,椅子应声而倒。

他看了看倒地的椅子,挑挑眉,没说什么,直接出去了。

佟年一个人站在那里，有种想要泪奔千里，直接跑回家的冲动。

她发誓，自己这辈子最丢人的事，全在这几天做完了。

会议室已经空空如也，不管是生病的那个娘娘腔，还是看病的医生、护士已经撤了，四周静悄悄的，她默默唾弃自己足足三分钟后，终于黯然地推门，走出。

这里是工作区，今天的比赛还没结束，自然还有很多工作人员在。

大家看见佟年从K&K特配的会议室走出来，立刻多看了几眼，猜测着、推测着，这个比今天Coser们还要软萌的妹子究竟是什么来路？

……

佟年默默走了几步，这才有些清醒。

不对，行李。

行李还在那个带自己进来的男孩手里。

她定了定神，四处张望了一眼，想要找到自己放行李的房间。恰好，97正笑容满面地拉着个银色的小行李箱走过来。

"谢谢。"佟年尴尬伸手，想要接过自己的行李。

"嫂子客气什么，"97笑嘻嘻的，根本没有把箱子还给她的意思，"赶紧上车，箱子我帮你拿。"

"啊？去哪儿？"

"老大在和主办方谈事情，让我带你先上车。庆功会，吃饭。"

"啊？"庆功会？

"迟早要见的，"97压低声音，轻声安慰，"不怕啊，嫂子，咱不怕。"

佟年被安排在大巴的第一排，仍旧蒙蒙的，不知道为什么自己要去庆功宴。

车上坐着的都是领队和别的游戏战队，或者二队、替补，等车快开的时候，《密室风暴》的主力战队的队员和替补才纷纷上车，几个人背着背包，因为个子太高，都低着头，躲过车门的袭击，然后一个个从她身边走过。

"嫂子好。"

"嫂子好。"

"嫂子好。"

"嫂子，初次见面，多关照哈。"

佟年尴尬得笑也不是，不笑也不是，嘴角始终维持在一个诡异的弧度。最后，唯一一个戴着棒球帽的没说话的大男孩，路过时，脚步一顿，也沉默着对她点了点头，算是招呼。然后很快，男孩坐在了97身边，也就是佟年身后。

司机问他："你们老大什么时候上车？"

男孩沉默几秒："再等等。"

于是，众人就从车厢的各个角度去偷窥这个天上掉下来的萌大嫂。

佟年从没有这么紧张过，就连第一次登台演出，都没这么紧张，腰杆挺直，不敢有分毫的小动作，唯恐给他俱乐部的任何人留下不好的印象。

她分明就听到身后，坐着的那个帮自己拿行李的97在低声问："欸？Dt，你哥什么时候找的女朋友？他不是二十四小时住在俱乐部吗？"

"不知道。"Dt 显然没兴趣琢磨。

"暗度陈仓？老大还玩这套？这是怕我们都学他谈恋爱，耽误比赛吗？"

短暂沉默过后，Dt 回答："他都老大不小了，谈恋爱不是正常需要吗？"

这话……很容易理解出很多层意思啊……身后各位大小帅哥立刻心领神会，各怀鬼胎笑起来。

她听在耳朵里，立刻愤愤不平。

哪里有老大不小……

明明是帅到掉渣，比你们这些毛头小子有男人味多了……

结果到最后，Gun 只是让领队来通知司机，自己可能要晚一些回酒店，让领队带着众人先回去。佟年瞄了瞄那个身材曼妙，连穿着运动服都有种独特气质的女领队，听她有条不紊地交代众人接下来的所有时间安排，忽然觉得，自己和她一比简直就是……

她低头，看看自己的短裙和白色猫耳朵的长筒袜……

小毛头有没有？

车载着所有人，驶出体育馆，她透过车窗玻璃看到体育馆内外经过的一些男孩女孩都很激动地看向这辆车，有些在指指点点，议论着车内的人。这种场面，倒是很像他们一些出名的网络歌手、Coser和写手一样，总能被粉丝行注目礼。

玩游戏也能玩得在现实生活中这么拉风，为什么以前没关注过呢？

佟年默默遗憾了下，开始竖着耳朵听车内人的闲聊，想要再多了解他生活的圈子，可……怎么完全听不懂啊？

就这么一路各种脑内活动，一路忐忑，她在97的贴身照顾下，从车上到酒店里，最后行李还被人放进了他的房间……直到两手空空，拿着一部手机，坐在了酒店自助餐厅时，仍旧没见到他的人影。

"各位，老大来了电话，让我们先吃，他先敬各位，这一个月来辗转四国表演赛，辛苦了。"女领队笑着，举杯意思了一下。

领队说完，走过来，弯腰凑在佟年耳边说："来，我带你去一个地方。"

佟年一愣，很快脸热热的，点点头，亦步亦趋地起身跟上。

身后众男人一副"老大色令智昏，抛弃同袍"的痛心疾首表情，沉浸在这惊天八卦里，完全忘了今天还有个同袍队友胃出血需要大家关怀的正经事……

女领队把佟年带到十二楼某个行政套房门口。

怎么……来酒店房间了？佟年悄悄看了看四周。

领队敲了敲门。

脚步声，由远至近。

啪嗒一声，门打开，Gun一只手扶着门框，看了看女领队，又低头看了看身高只到自己胸口的佟年："进来。"

……

四周静悄悄的。

佟年瞄了瞄女领队，又瞄了瞄他的下巴……

真的……要进房间吗……

"有事不能……在……餐厅说吗……"她觉得有点不妥。

Gun 眼底闪过一丝不耐烦："私人的事，你想在公开场合谈？"

"啊？"当然不行！

女领队忍不住笑，咳嗽了声："我走了，你们慢慢谈，嗯，慢慢谈。"说完，真的就转身，脚步轻盈，甚至可以说得上欢快地撤了。

于是，真的就剩了她和他僵持在门口。

Gun 觉得这小姑娘还要纠结一段很长时间的样子，索性将门开着，转身回去了。

进，进去了？

佟年继续低头，继续斗争了十几秒，终于挪着步子走了进去。绕过门廊，视线豁然开朗。嗯？胃出血的娘娘腔？

她愣住。

躺在其中一张大床上的 Grunt，因为没戴眼镜，只能眯着眼，看走进房间的她，也是一副很意外的神情。Gun 坐在写字台后的沙发上，拿着一把银色的水果刀，很快地在手指间绕着圈削皮："你们两个，可以说实话了吗？"

啊？佟年茫然看他。

"我真不认识她……"Grunt 觉得自己还不如真的是胃出血，也比误诊以后，只能在酒店休息，被迫被 Gun 吵醒起来训话的好。

Gun 微微蹙起眉心。

他将刀合上，咬了一口刚削好的苹果，一边吃着，一边走过去，用刀柄抬了抬 Grunt 的下巴："痛快点儿。"

Grunt 一脸你砍死我算了的表情。

他眼睛垂着，盯了 Grunt 几秒，终于看向满脑子雾水的佟年："你也不打算说实话？"

"啊？"佟年继续迷茫。

"还坚持说不认识他？"

"真不认识啊……"

"你知道他有女朋友吗？"Gun挑眉。

"不知道……"

"现在知道了，有什么想法吗？嗯？"

"……"为什么要有想法？

Grunt忽然从床上跳下来，龇牙咧嘴地戴上眼镜，光着脚快步走过来，两只手抓住了佟年的肩膀，忍着痛一个字一个字地吐出了一句话："小妹妹……我求你了，我有女朋友，我不认识你，好不好？啊？你就给句实话，行不行？！"

啊？

等等……

他们……他们不会都以为我尾随这个娘娘腔吧？！

她睁大眼睛，不敢置信地看Grunt，张了张嘴，愣是震惊得没说出话。然后又慌张地去看继续吃苹果的Gun……又看回Grunt，来来回回看了好几遍，终于恢复了自己的语言功能："我不是……我不认识这个娘……这个Grunt，真的！真的，我真不认识他，你千万别误会，我真的和他没关系……"

Grunt回看他，一副"老大，你看，这妹子根本与我无关"的悲愤表情。

他耸肩，甩了一个"信你小子才有鬼"的眼神。

Grunt欲哭无泪，索性破罐子破摔："小妹妹，你说吧，到底为什么要找我……咱们今天就在这儿说清楚。"

"……"

"签名可以，合照也可以，随便你提条件，只要你说实话，说我真和你没关系！真的，我发誓，你提任何要求，只要不是做我女朋友，我都满足你。"

她头不停地摇，郁闷得真要哭出来了。

怎么可能找你，和你有什么关系啊……

"谁要做你女朋友，"她带着哭腔甩开Grunt的手，"我又不喜欢你……"

说完，很委屈地看向吃着苹果看热闹的 Gun，眼睛红红的，真的马上就要哭了。

这眼神……

久经情场的 Grunt 打了个愣，马上就读出了这个眼神的味道……

这是……

他也回头，不敢置信地、狠狠地鄙视 Gun。

这明明是你的桃花债吧，神棍！

第五章

大魔头

Grunt 自嘴边溢出一抹很奇异的笑容，慢慢转回，弯腰问佟年："小妹妹，你是不是认识这个人？"他说着，眼角瞄了瞄 Gun。

佟年红着眼睛，虽然不想搭理这个人……还是点点头。

"那……你知道他叫什么吗？"

她不敢直接说，再次看向 Gun，后者继续吃苹果，倒是一副想看看你俩还能搞出什么新鲜东西的表情。

"……韩商言。"她轻声回答。

那天……他来网吧用的身份证就是这个名字……

该不会也搞错了吧？

Grunt 直起腰，一边以痛苦的姿势捂着腹部，一边很幸灾乐祸地走回去，背对着佟年，在 Gun 耳边压低声音问："俱乐部上下知道你中文名的不超过三个人，更别说俱乐部以外的人了。想让我背黑锅？门都没有，神棍！"

他一瞬间感觉很莫名，随即挑眉，一拳砸向 Grunt 的胸口。

"我靠……"Grunt 猛地捂胸，险些扑倒在地，"你灭口啊！"

一只手臂已经搭上 Grunt 的肩，重重地压下了力道："你再说说看，背什么黑锅？"

"……小妹妹，"Grunt 在要牺牲之前，摘下眼镜，用最最纯良无害的目光望向佟年，"喜欢就大胆地说，告诉你，这男人身边别说女人，连雌性生物都没有。连楼下公寓男保安养的狗都是公的……这种极品错过了就是一辈子！"

……

"我……"她的眼泪还没退，脸忽然就烧红透了，"反正……我喜欢的不是 Grunt……"佟年低下头，死死盯着自己的鞋尖，低声说，"我来找你的。"

天啊……

竟然说出来了……

Gun 微蹙起眉心。

他的眼睛相当漂亮，有着男人不该有的纤长睫毛，此时此刻那漆黑的眸子尽是狐疑："还是不肯说实话吗？"

"就是实话啊！！"佟年和 Grunt 齐声反驳。

还不够明显吗？！

这辈子第一次告白啊……不是被拒绝，也不是被接受，而是不信！

不信……

佟年觉得自己快昏过去了，又是委屈又是挫败。

房间陷入了短暂的、诡异的沉默。

直到，有人清了清喉咙，说："还站着干什么？没你事了。"

啊？

佟年心一沉，抬头。

他随手把苹果核扔进垃圾桶，扫了 Grunt 一眼。

嗯？不是说我？

终于被放行，Grunt 一分钟都不想多待，连外套都顾不上拿，就这么数九寒天地穿着一件半袖，哆哆嗦嗦地戴上眼镜："您和妹子继续，我撤。"

说完，健步如飞地撤了。

门啪嗒一声落了锁。

佟年反射性地挺直了背脊。

眼前很快就出现了一双黑色的运动板鞋。

她大气都不敢出，两只手在身后拼命绞着，紧张得开始一阵阵出汗。

他走到她的面前，在思考如何开口。

下午在体育馆看到她拉着一个箱子，在重要比赛已经结束之后才匆匆走入，让他忽然就记起和这个小姑娘似乎有一面之缘。毕竟肯拖着行李四处飞着看电竞比赛的女孩子还是少数，这让他想起，自己职业生涯里唯一有过交集的女孩。

好兄弟，Appledog。

他第一次将女孩称作好兄弟，那个女孩只有15岁，是Solo的女朋友。

那也是他第一次对性别为女的人改观，可以和异性在一个key说话，可以比肩而立，可以互相扶持，有同袍之谊。后来……好像就没有了。对失去的友情，他始终耿耿于怀，所以那一刻才让他有些触动，想去和面前这个小姑娘打个招呼，鼓励一下小姑娘对电竞的热情。

后来发现，有些不对。

这个……完全是他过去二十几年最排斥的性格软弱，随波逐流，热衷胡思乱想，擅长感情用事，并且喜欢——

他扫了一眼她的短裙和白色猫耳朵的长筒袜。

——喜欢将有限的时间用来反复试穿衣服、梳头、化妆的小姑娘。

她轻轻，尝试性地咳嗽了声。到底要看到什么时候……

头发没乱吧？

额，还是他不喜欢这种可爱风格？

"你……"Gun终于找到了突破口，"知道我叫什么吗？"

当然……她轻声回答："韩商言。"

虽然偷看身份证很不道德……

短暂安静。

"喜欢我？"他再次开口。

"……"这是在直接问吗……

"怎么？我误会了？"

"没……"天啊，我是在承认吗……

"喜欢我什么？"

"……"

难道要说一见钟情吗?

假如手指能系在一起,早就被她搅成死扣了。

眼前,他的脚忽然挪动了下。

向右,两步,又慢悠悠地踱回来。

"不好回答?这样,换句话问,"Gun 尽量让自己笑容可掬,且和颜悦色,顺便一字一句地问出了难得的那么点好奇,"我有什么可喜欢的?"

"……"

就算再迟钝也听出来了,他的语气虽然保持着一种礼貌,但显然,不是很愉快。他一定很不喜欢别人偷看他的身份证,不喜欢女孩子这么追上门,尤其……都追到了酒店里。

这几天和中了邪一样喜欢上的人,现在就站在面前,亲口、不耐烦地质问自己"我有什么可喜欢的",潜台词不就是"不要喜欢我,我对你没兴趣"吗?

她咬住嘴唇,过了会儿,终于出声:"对不起,我……我不是故意要跟着你,只是在机场看到你,你和这些人穿着运动服,特别惊喜……问我朋友,她说这里有电竞比赛,就跑来看看,你是不是真的在比赛……"

我……就是想知道你的年纪、工作、生活,喜欢做什么。

想让你能在最不经意的情况下认识我、知道我、记住我……

想让你见到我最好的一面,让你喜欢上我……

而不是……

现在这样。

"你的名字,是网吧记录的……我不该故意看。还有胃出血,我是忽然听到工作人员说起,以为 Grunt 是你,特别着急,就想去看一眼……看一眼你是不是真有事，没想打扰你。"

只是，后来莫名其妙就被那个男孩带进了会议室。

后来……

她低着头，拼命告诉自己，佟年你千万别再丢人了。

说完就走。

千万别犹豫……

Gun 听出小姑娘有不太对劲的情绪，垂着眼睛，去看她。

是不是自己太直接了？似乎又把小姑娘吓到了？

手机的响声，将这一刻的安静打破。

然后，继续响着，没人动。

她仍旧失落着，脑子蒙蒙的，抬头提醒他："你手机……"

Gun 眼神偏了偏，示意她的背包方向，是她的手机。

什么情况？

不对……

坏了，访谈……

佟年猛地惊醒，慌乱看他，又慌乱去看四周。

这里？还是走廊？

这里……好尴尬。

可走廊……会不会更尴尬？

最后，只能硬着头皮，低声问："我能用下你的洗手间吗？很着急的一个电话。"

Gun 倒没什么介意的，指了指位置："那里。"

这个行政套房布局有些奇怪，洗手间门的位置在双人床旁，很隐蔽。

她松口气，顺着他的手指，几步跑进去，反手关上门，清了清喉咙。然后手机从背包里掏出来，放在了耳边。

很清晰、很热情的声音立刻传过来："喂？你好？请问是鱿鱼殿下吗？"

"嗯，是我。"她尽量让自己的声音恢复稳定。

"啊，太好了，鱿鱼殿下！我是您的脑残粉啊，请允许我这个主持先花痴一下。殿下，我高三就是靠您翻唱的歌曲补血，才能将那些试卷踩在脚下的！"

"啊，是吗？"她一碰到热情的粉丝，就不知道该说什么。

所以……久而久之就成了误传的高冷……

"喀喀，好了，作为今天节目的主持，我要恢复一下自己的身份了。各位听众朋友你们好，今天我们动漫频道直接连线了网上人气极高、在微博拥有十几万粉丝，B站浏览量突破百万的动漫歌手——密室的游鱼。当然，粉丝们喜欢爱称她为殿下，请和大家打声招呼吧，鱿鱼殿下。"

"大家好，这里是鱿小鱼，今晚请多关照。请不要叫殿下，鱿小鱼就好。"

"啊，我们殿下竟然卖萌了。殿下，我们的在线网友在表白，想问殿下能不能卖个萌？"

卖萌？？

她背靠着门，看着面前的淋浴室，明显还有水雾，显然是刚刚洗澡用过。

背后隔着一道门，就是他。

这……怎么卖萌啊……

主持人听不到声音，立刻懂了："呵呵呵呵，殿下高冷依旧啊，那好，我们开始今天的访谈。"

……

二十分钟的访谈，是一个星期前就定好的，就是没想到……

会在这么尴尬的地方。

因为怕门外的人听到太多莫名其妙的话，她尽量缩短每个回答的字数。最常用的就是"啊，是的。""哦，还好。""真的吗？"……

等挂断电话，她已经出了一身汗。

手机放进外衣，摸摸脸，还烫着，太紧张了。

身后就是门。

门边是一块十米长的大理石台，台子上还放着已经用过的浴巾和毛巾……

隔着一扇门，就是他。

她想到刚才的场面，有些不敢再出去，就这么站在洗手间里纠结着，不知道该怎么办。算了，就这么低着头，直接开门走出去吧，最多……说个再见……

她下定决心，手放在扶手上，刚想打开，就听到了一声敲门。

她反射性地收回手。

"好了？"他的声音问。

"好了……"她答。

"好了就把门打开。"

"哦。"她又伸手，慢慢地开了门。

继续低头，看面前那一双黑色运动板鞋……

"饿不饿？"

"嗯？"她茫然，抬头。

"去吃饭。"

"啊？"她看他。

Gun 简单明了地解释："八点以后是俱乐部训练时间，还有二十分钟就没饭吃了。"

既然这个乌龙也和他有些关系，算是他误打误撞把小姑娘带来一个陌生酒店，总要负点责任。买卖不成仁义在，总要让小孩吃饱了，再让司机送走。

"哦……"她拿上背包，慢半拍地想，不是……要赶我走吗？

Gun 将外衣穿上，将手机和房卡放进衣服口袋，开了门，示意佟年先出去。佟年路过他身边，有些不在状态地停下来。

不对，为什么要一起吃饭？

"其实……"

"你叫什么？" Gun 还以为小姑娘天生就走得慢，轻推了下她的双肩包，随后而出，反手将门关上。

"佟年……"

他点头，意思是，记住了。

他走在前面，先进了电梯，很快从口袋里找出了一颗水果糖，剥开想要扔到嘴巴里，手忽然顿了顿，看了看紧跟着自己走进电梯的佟年："想吃吗？"

啊？

第六章

创始人

他怎么……也是水果糖控？

"不喜欢这个口味？"Gun 尽量保持耐心，从口袋里又摸出来几颗，红的、绿的、黄的、橘黄的……在他的手心里躺着。

于是，趁着吃饭的休息时间特地回房拿了件厚衣服，准备再去餐厅吃块蛋糕的十六岁的小队员 Demo，就这么……赶上了这部电梯，看到了大魔头低着头，掌心里放着五六个各种颜色的水果糖，用一种像是在哄小孩的眼神看着面前的小嫂子……

小嫂子还一脸认真地……在挑口味？！

"就这个吧。"佟年拿了一颗绿色的，低头，脸有些红。

我会不会被灭口……

小队员腿有些软："老，老大。"

"怎么？"Gun 不咸不淡地应了声，"你也要？"

"没！"小队员在内心双手投降。

老大吃糖的时候就意味着"超级不耐烦、超级有心事"，这在俱乐部都是公认常识了，别逗了，谁敢吃？

哦，不，嫂子敢吃……

结果到了餐厅，原本已经收拾收拾准备撤退的众人，看到姗姗来迟的Gun 和佟年，立刻心意相通地纷纷……坐下，千载难逢，大魔头第一次和女人并肩而行，且要同桌吃饭？

虽然是嫂子吧，还是觉得太高能的画面了。

佟年拿着托盘，站在一排排的熟食面前，香辣蟹，吃起来太难看；基围虾，也难看，还要吐壳……最后只能饿着肚子，忍痛拿了块芒果蛋糕和一杯咖啡……连巧克力蛋糕都不敢拿，怕吃到嘴上都是巧克力酱……

她乖乖走回来，无声坐下，默默地将盘子放在桌上。

Gun 看了一眼她挑的晚餐，没说什么，抬头，对着97那桌说："过来两个。"

众人……

这是要干啥？

"快点儿。"Gun 不快。

97不敢耽搁，迅速拿着一杯可乐起身，去扯身边队长 Dt 的胳膊，没扯动……只能将刚刚坐下，和 Gun 乘坐一部电梯下来、一同走进餐厅的小队友 Demo 拉起来，坐了过去。

"老大，"97讪笑，"这么晚才吃啊？"耽误不少时间嘛，呵呵呵呵……

Gun 懒得回答，反问："吃饱了？"

"饱了！就等着训练了！"

"吃饱就陪聊，"Gun 眼神示意了一下窘迫感十足的佟年，"你不是和她熟吗？"

"……"冤枉啊……97打了个冷战。

Gun 说完，低头开始沉默地吃起来，他吃饭一向讨厌人说话，所以从来都是自己独自一桌，从没破例过。今天猛地打破惯例，97和 Demo 都有些茫茫然，不知道说什么。

再说了，你们夫妻档吃饭，我们……这外人能聊什么啊？

97和 Demo 对视一眼。

得，开始吧……

"嫂子……"

"嫂子？"Gun 打断，蹙眉。

"哦，哦，"97心领神会，老大一定是怕嫂子不好意思，"不叫，不叫，那嫂子名字是？"

……

"佟年。"佟年低头，用勺子挖着蛋糕。

"哦，哦，佟嫂子，不，佟年，直呼其名没问题吧？"97笑眯眯地说，"我们刚才猜，你是不是 Coser？这衣服和化妆……真挺像的。"

她摇头："我是日翻歌姬。"

喝了口啤酒的 Gun，手顿了顿，一个字都没听懂。

97愣住，也没懂。

"啊……这个我知道，"Demo 立刻赔笑，"我以前有个同学也是，我有时候练习也喜欢听，嫂子有没有什么网名？加个微博？"

"嗯，有，密室の游鱼。"她偷偷瞄了 Gun 一眼，他……应该不反感吧？

Gun 蹙眉，这又是什么？

97："啊，这个……这个我知道，全职猎人！"

她点头："嗯，就是库洛洛的招数……"

……

Gun 已经不想再听下去了，翻出手机，开始清理自己收到的所有邮件。

"啊……"Demo 惊呼了一声。

Gun 淡淡地看了他一眼，后者才警觉自己在老大吃饭的时候爆粗了，立刻偃旗息鼓，但一双眼睛还是忍不住一个劲地瞄佟年。97不知道发生了什么，奇怪："怎么了？"

Demo 激动地将手机递到97眼前。

"啊……"97也惊了。

两人目光灼灼地看向佟年。

好长的一串百度百科……粉丝数仅次于 K&K 俱乐部几个明星队员，微博大 V，翻唱圈大神，著名动漫歌手。果然是老大，不出手则已，一出手就是个镶着金边的萌妹……还……这么乖。

对着老大吃饭，多一句废话都没有。

就是乖乖地，吃一口，偷看半眼老大，吃一口，偷看半眼老大……

而咱家老大——

吃得那叫一个淡定，一个多余的回视都没有。

什么叫御妻有术？！！

两个男人差点就手握手，星星眼对视了……

"额，那个，嫂子。"

……Gun 已经懒得再开口提醒了。

97完全忽视了老大："那个……百度上看你的专业是生物工程和电子信息工程？你……刚上大学？"佟年的面相实在太小，也就刚……成年？

刚上大学？差不多吧？

而且……这两个专业也太……高能点了吧？

"百度上是……本科的双学位，我贴吧吧主没更新过，"她很不安地看了 Gun 一眼，"现在已经研一了。"

"研一？"97不太敢相信，"这要多早上学？"

"十五岁。"

十五岁？！

"我去，为什么我十六岁，才高一……"Demo 泪奔。

"大学……有少年班。"

学霸！

两个明明是陪聊的，立刻开始兴奋了，围着佟年追问各种问题，最后已经到："嫂子，我一直想黑一个网站，你搞得定吗？"

佟年被问窘了，无助地看 Gun："技术上……不难，可，服务器入侵是违法的……"

97顺着她的目光看过去，才发现 Gun 已经非常不耐烦了，立刻收敛："那嫂子肯定爱玩游戏了？平时玩 LOL，DOTA，还是《密室风暴》？"佟年默默地低头把最后一口蛋糕吃完："都不太玩，特别渣……"

代码和游戏……完全是两种东西好吗，泪奔……

"老大没带你打过游戏？"97震惊。

他还以为 Gun 是凭借自己如传说一般的职业经历征服了嫂子的少女心，

难道不是？！

"从来没有。"她忙着摇头澄清。

千万不能说自己和 Grunt 玩过游戏。

要不然……误会更大了。

于是晚饭结束后，K&K 俱乐部就开始流传开了这样一个故事：

Gun 是如何在不使用游戏这个追妹利器的情况下，凭借自己的个人魅力征服了学霸 and 翻唱大神 and 游戏渣渣的少女嫂子的心……

饭后，Gun 将佟年送上 K&K 的工作用车，她坐在副驾驶位，听见 Gun 告诉司机把她安全送到酒店，有些忐忑和不安。这算是告别了吗？

他……应该不讨厌我吧？要不然也不会吃饭了对吧？

她在这里自问自答。

他那里已经叮嘱完司机，直起身，拍了拍车门，示意可以走了。

佟年依依不舍地从车窗望出去。

Gun 对她点头说再见，转过身，拿出手机，开始拨打一个会议号码。

"走了？"司机看出来小姑娘实在是不想离开这个地方，都不忍心直接开走了。

佟年失落地点点头，看着他高且瘦的背影。

连……告别的话都没有……

等车开出去好远，看不见酒店门前任何景色了，她才收回视线，低下头，用食指轻轻在膝盖上划拉着。也不知道下次什么时候还能见到……

她回到主办方给自己订的酒店，整理好东西，坐在床上怔怔出神，都不敢仔细回忆自己这一下午的超级大乌龙。只是脑子里反反复复都是，他吃饭的样子、他点头告别、他转身离开……所以……他对自己喜欢他是什么态度呢？

好像……没有特别排斥？

佟年默默坐了会儿，猛地惊醒，怎么忘了搜索呢！

自从那晚开始，智商都快成负值了。

K&K 这么有名，虽然他不是职业选手……但多少也有些个人信息吧？

她继续搜索 K&K。

网页打开：

K&K 是国内知名电竞俱乐部，创立于2013年，仅用一年时间就迅速崛起，与 SP 并肩而立，成为两大顶级电子竞技俱乐部之一。

其创始人＆第一投资人 Gun（真名不详），是全球电竞名人堂成员，曾是当年 CS 界最有名的 Solo 战队唯一投资人兼主力队员。曾拿到超过十个国际赛事冠军，囊括多个个人世界排名，最具统治性选手第二，最佳射手第一，最佳开场杀手第四，两次 MVP 提名……在世界范围内，他拥有数百万的粉丝和专属网站，拥有粉丝以他名字命名的品牌键盘、品牌鼠标、品牌电脑配件城以及连锁网吧。

他曾经，用自己的战绩和辉煌改变了大众对游戏的看法，也同时，以传奇一般的职业经历，见证了电子竞技从荒芜到繁荣的十年。

而现在，当全球电子竞技产值超过五百亿美元的今天，他又以顶级俱乐部创始人的身份低调回归……

一整页的创始人介绍下，是他的照片。

佟年抱着电脑，也顾不得自己穿着一身粉红粉红的运动服，就冲进了蓝莓的房间。蓝莓正在和老公挤在床上看新版 *HunterXHunter*，打开门，就惊讶了："太巧了，我正看到旅团出场，还在吐槽新画风呢……"

"你们方便吗？"佟年有些不好意思。

虽然这么问，但脸上明显已经写着"不方便也要方便啊，拜托了"的一行字……

蓝莓笑："方便啊，进来吧。"

"我想咨询你老公几个问题，关于电竞的。"

"不是吧？你真的开始迷上电竞游戏了？"蓝莓一脸不敢置信，"你这种《连连看》都玩不好的手残……"蓝莓实在不想打击她，可，佟年真是个游戏大白痴啊。

佟年猛点头，很快，又连连摇头。

从哪里说起好呢？

她都有些错乱了，看见蓝莓老公，呆了三秒后，将笔记本电脑转过来，放在了他的面前："我想……详细知道这个人的事情。"

既然蓝莓老公是资深电竞饭，肯定知道的料最多最全。

大男孩起初还莫名其妙，视线落到电脑屏幕上半秒后，暴走："天啊，Gun神！这是我一辈子的男神啊！！！我今天就是为了他才去看比赛的啊啊啊啊！！！"

……

怦怦怦怦，满耳朵都是心跳声。

她本来就难以平复的心，再次被点燃了。

"你见过他当年身披国旗的照片吗？见过他戴金牌、捧金杯的照片吗？帅到无人能及啊！！"蓝莓老公挽起袖子，从床上跳下来，"让我讲他，绝对一个通宵都不够，说吧！你想从哪里听起？"

额？从哪里？

佟年茫茫然，从……十年前吗？

还是……

啊，对："他的感情经历！"

蓝莓和老公对视。

这个……指着一个百度百科里的人，第一个要求就是听对方感情八卦……略奇葩啊。

蓝莓先回过神，幽幽叹口气："我们殿下就是这样……老公，你要理解，一个十五岁就被逼着去读生物工程的女孩子，心智多少有些不健全。"蓝莓抛过去一个"请理解"的眼神。

蓝莓老公回神，清了清喉咙：

"他的感情经历，我不敢说是100%准确。

"这要从十年前的Solo战队开始说起，十年前国内的电竞行业环境很差，没有这么多比赛，也没有多少职业战队，职业选手收入很低。那时候他是Solo战队唯一的投资人，也是主力队员……啊，这些百度上都有，说点百度上没有的吧。

"Solo战队如日中天时，忽然就解散了。有人说是因为队长Solo忽然多出了一个私生女，导致他和狙击手Appledog分手，战队因此解散；也有人说，是Gun第三者插足队长的感情，喜欢上了Appledog，导致战队解散。"

"哪个说法是真的……"佟年紧张地看着蓝莓老公。

对方摊手："不知道，这是悬案。"

"那就是说，他有可能喜欢的人是——"她反应了一下，"Appledog？"

"说不准。"

"那……他们在一起过吗？"

"啊？当然没有！要是在一起过就不是悬案了。"

"对哦，"她有些黯然，"那，她好看吗……"

"好看！配我的男神绝对可以！主要的不是好看与否，而是她的职业经历，也绝对是女神级别。你去搜下百度百科，都有写。"

"哦……"

蓝莓老公显然没看出来，面前的佟年已经开始萎靡了，接着说："所以，很多人说，Gun这次建立K&K俱乐部，就是为了追回Appledog。"

"追回？"佟年睁大眼睛。

"你看百度百科，"蓝莓老公指着网页，"不是说，K&K和SP是鼎足而立的两大顶级俱乐部吗？SP的核心成员就是当年的Solo战队全部主力，除了Gun。唉，我男神好可怜，独自建立了K&K，之前所有兄弟都在SP，都是他的对手。"

接下来讲的所有东西，佟年都不太听得进去了。

她只是沉浸在：十年前 Gun 因为喜欢一个叫 Appledog 的女孩，导致战队解散，最终自己也退役了。十年后又因为这个女孩，重新建立了 K&K。

这是……多么执着的感情啊。

对方说了半天，发现小姑娘已经走神许久了，终于将话题草草结束，好奇地问了句："你今天去看比赛，也是为了看我男神?"

佟年蒙蒙的，点头："嗯。"

"要到签名了吗? 我都没来得及冲上去。"

"没……"佟年低头，"他不太喜欢和我说话。"

连告别都没说……

"啊?"大男孩震惊，"你和我男神近距离说话了?! 说了什么?!"

"就……"她回忆了几秒，总不能把那么丢人的大乌龙说出来，可后来吃饭好像也没交流，都是 K&K 的那些选手和自己闲聊……好像唯一能说的就是在电梯里的短暂交流，"他就，给我吃了一颗水果糖。"

绿色的……苹果味的……

"啊?!"蓝莓和老公异口同声，惊呆了，然后，再次异口同声地问，"为什么?"

"可能……"她猜，"是为了安慰我。"

"为什么安慰你?!"

这怎么说，总不能说是因为自己表白被拒绝了吧?

佟年纠结着，沉默了好久，终于蹦出来两个字："秘密。"

★★★★★★★★★★★★★★★★★★★★★

深夜，酒店房间里。

Gun 塞着黑色耳机，在和北欧几个领队打电话，电话里外，一水标准的北欧口音……

虚掩的大门被推开，Dt 走进来，将自己手里还没有挂断的手机在他眼前晃了一晃。

Gun 蹙眉，不太想接 Dt 手里的那个电话，Dt 耸肩，将手机放在了他面前的窗台上，一副你接不接和我没任何关系的表情。

Gun 不得以，只能挂断自己的工作电话，拿起了那部手机。

一连串的中文从大洋彼岸的连线那端飘过来，他听得从眯起眼睛，到彻底不耐烦地闭起了眼睛，最后挂断，将手机扔到床上："下次不要做传话筒。"

Dt 从帽檐下看了他一眼。

Gun 想要继续拨出电话，忽然，身后的大男孩难得地主动说了句："今天那个女孩，我见过。"

Gun 看他，挑眉，示意他继续说。

"ACM 大赛，她代表一所国内大学参赛。"

Gun 这才记起，这个表弟好像是计算机系的："ACM 是什么比赛？"

"世界大学生程序设计大赛，就是，"Dt 思索了一下，"大学生程序设计里顶级的比赛。"

"哦？是吗？你也参加了？"

Dt 点点头："比她成绩好一些，不过……她也不错。"

Gun 有了些意外，毕竟从这个表弟口中能说出"不错"的异性，除了他女神以外，还真是第一个。当然，Gun 也听出来，Dt 已经猜出自己和那个小姑娘没关系。

Dt 觉得没什么事了，从床上捡回自己的手机，然后就听到 Gun 问："你知道她和我没关系？怎么不解释？"

"我猜，你不解释是不想让她当众难堪，"Dt 认真想了想，说，"你都不解释，我为什么要解释？又和我没关系。"

Gun 扬起嘴角，实在懒得揭穿：

是啊，全世界人都知道，只要和你女神 Appledog 无关，就和你 Dt 无关。

第七章

情敌

蓝莓和老公呆呆地对视着。

殿下特地抱着打开百度百科的电脑跑过来，让他们详细介绍这个男人，显然两人应该不认识啊。

是什么秘密，能让一个男人给一个女孩吃颗水果糖？

还是为了……安慰她……

如果不是佟年已经成年，智商优良，且此时此刻完好无损地坐在自己面前，不像是被怪叔叔欺负的模样，蓝莓真有去报警的冲动了。

"你……和他不熟吧？"蓝莓再次确认。

"不熟，只见过两次，"佟年继续沉浸在 Gun 已经有喜欢了十年的女孩的悲伤故事里，抱起自己的电脑，"我走了，你们继续。"

额……

继续看动画片吗？

显然你这个八卦，比动画片有吸引力多了啊啊啊啊！！！

蓝莓老公无声地揪住蓝莓的衣袖，一副"老婆！你一定要给我问出八卦"的流泪表情。蓝莓抚额，丢给了老公一个"我无能为力"的眼神。

佟年往门外走。

蓝莓老公无声地捶胸顿足，忽然，停住，将自己的背包整个倒过来，从一堆杂物里拿出来一张宣传单，立刻高举双手，向老婆大人递出宣传单。

此时，佟年已经握住了扶手，打开门……

"啊！"蓝莓迅速抓住了宣传单的重点，"鱿小鱼！"

佟年吓了一跳，回头。

"他们好像明天有什么赞助商的活动！"她一把夺过宣传单，兴奋地晃着，"就在这里的展览馆，有名的俱乐部都会去，你想去吗？"

蓝莓老公点头如捣蒜："对对对，有 K&K！"

"真的？"佟年不敢相信。

"真的真的！"蓝莓老公继续附和，"虽然明早我要坐飞机回去上班，但是！不用担心！我家蓝莓一定陪你去！"

结果当天晚上，佟年立刻满血复活，将自己的行李箱翻了个底朝天，找出了一身看上去可爱又不夸张的蓝色连衣裙，还对着镜子练习了很久笑脸。

又要见面了……好紧张……呼，加油。

她有那么一瞬，想要搜索一下 Appledog 这个名字，可还是像鸵鸟一样选择了逃避。

第二天，她和蓝莓到达展览馆时，已是人山人海。两个人冲出重围，从黄牛手里讨价还价了足足二十分钟才算拿到了票，进去后，就开始马不停蹄地找职业俱乐部的位置。佟年踮着脚尖，往四周看了很久，终于看到在东北角有个牌子，写着 VIP 休息区。

一定是那里！

她激动地拉住蓝莓的手臂，拨开人群往那个方向挤。

结果，挤着挤着，就发现根本走不动了。

原来人群已经开始往两边退，有保安在拦着游戏玩家们，给刚刚入场的嘉宾们开路。她一边防止自己不要摔倒，一边不停张望着，看进来的俱乐部队员的衣服。

好像是……开始进来了？她从缝隙里看到了晃过去的影子。

她拼命拨开人群，终于挤到保安的身边。因为人太多，身边不停有人被挤出去，然后再被保安塞回来……忽然有人尖叫了一声："SP！！"然后就有一股巨大的力量，将她和身边两个妹子一起拥了出去。

一双手，扶住她的手臂。

她忙站稳，抬头，对上了一张明晃晃的笑脸："没事吧?"

好……漂亮……

欸？是蓝白运动服？不是红白？不是 K&K 的人？刚才好像有人喊 SP ?

不对，SP 是他的敌人啊。

佟年忙抓紧背包，退后一步："没……谢谢。"

身边几个被挤出来的女孩子也被几个 SP 队员扶起来，送回到原位。扶起佟年的短发女人也松开手，和身边几个人笑着，一起走进了 VIP 休息区……佟年看着那个女人的背影，莫名就萌生了一种羡慕的感觉，和那天看到 K&K 领队完全不同。

这个女人自带了一种气场，是……和 Gun 一样的气场，那种只有站到过最高峰才有的眼神和气度。而且看得出来，和这个短发女人并肩而行的几个人，都很推崇她。

唉，要是我不那么笨就好了……

如果打游戏很好，说不定早就认识他了。

她这么想着，被保安又推回了安全线后。

还没等站稳，就看到了真正的 K&K 众人走进来，欸？今天怎么都穿了黑色运动服……而走在众人最前面的 Gun 就是唯一一个不穿运动服的人，只是从头到尾一身黑色休闲装，挂着 K&K 的名牌，一言不发地迎面走来……

佟年还没来得及和他展露出一个笑脸，他就这么直直地……走过去了……

她绝望地被挡在两个魁梧的保安身后，望着一个个匆匆走过的队员，大家都认出了她，但鉴于这是公开活动，就没敢张口打招呼，全都是一副"嫂子真低调，总是出现在这么意想不到的地方……比如上次的观众看台，这次的……粉丝队形……"的钦佩表情。

直到最后一个也消失在了视线里，K&K 的人也都进去了。

还有几个俱乐部的人，在入场，她的心慢慢地，慢慢地沉了下去。

身后，被挤开几步的蓝莓终于蹭过来，喘着气，拍她的肩："粉丝怎么这么多，我还以为误入明星见面会了呢……"

话没说完。

就看见一个男孩从 VIP 入口跑出来。

此时所有的俱乐部都已经入场完毕，就那男孩子一个人溜达出来，在众目睽睽下，毕恭毕敬地走向佟年："嫂子。"

顿时，四周安静下来。

他有些不好意思地挠挠后脑勺："老大让我带你进去。"

蓝莓睁大眼睛，看看佟年，再看那个小正太，看看佟年，再看那个小正太……

"K&K 的 Demo 欸。"身边有人小声说。

"我好喜欢他，小男神啊。"

窸窸窣窣，嘀嘀咕咕，刚才的喧闹都不见，就剩下这些从四面八方而来的羡慕猜测和嫉妒眼神："他说老大，不会是——"

"Gun 有女朋友了？"

"不可能！我男神不近女色！！"

……

"进……去？"佟年一脸不敢置信，小声确认。

他让我进去？

真……的？

肩膀突然传来痛感，蓝莓的爪子狠狠掐住她："鱿小鱼，你什么时候成为人妻了？！人妻？？天啊，我为什么会后知后觉？"

"没，"这两字太暧昧了……她瞬间耳朵发烫，小小声解释，"他乱说的……"

"有这么乱说的吗？！殿下！"蓝莓收紧爪子，拼命扯着她的手臂，"三年了！我们都厮混三年了！你竟然找了个——"

额……找了个什么？

老大是什么？

蓝莓卡住，急切地看向这个小正太：你们老大是哪个星球来的？

Demo被一身御姐打扮的蓝莓镇住，愣了愣，才小声说道："嫂子，还有五分钟就开始了，"因为粉丝在，他始终保持着非常非常正派的表情，声音却越压越低，"老大今天……心情不太好。"说完，就这么紧瞅着佟年，就等着她这棵救命稻草进去挡枪口。

否则不知道老大又会出什么幺蛾子，摧残他们。

佟年觉得，自己的肩膀就要被掐断了……

她一面忐忑着，一面震慑于蓝莓的淫威，小声问："那，我能带朋友进去吗？"

"没问题，"Demo立刻喜笑颜开，"嫂子的朋友，绝对可以。"

他退后一步。

示意佟年从保安身后走出来，然后对蓝莓象征性地笑笑，马上转身带路。这种众目睽睽的场面，还是走在保安拉出的人墙内，竟让她和蓝莓这两个平常见惯大场面、时不时登台演出的歌姬有些怯场，毕竟在自己的场子都是欢欣表白。

现在……

简直是公众敌人，简直如履薄冰啊。

不过这是蓝莓的感受。

佟年早就抱着自己的小背包，深一脚浅一脚地飘着往前走，心跳什么的，众人目光什么的都忘了……

他们走进去，眼前豁然开朗，很大的休息室，坐满了人。

VIP休息区的女人非常少，总共就那么几个，忽然从大门进来两个萌妹子，着实吸引了一下众人的目光。佟年悄悄用眼角的余光看周围，到处都是各色各样穿着俱乐部运动服的男生，从十几岁到二十岁出头，如此一对比，远处那个独自在最前排喝水的男人……实在是，太男人了。

蓝莓一直紧紧抓着她的胳膊，直到看到Gun，终于结结巴巴地问："等……等……等等，那个，不是我老公的Gun神吗？"

这要个签名，一年衣服都不用洗了啊！

"嗯……"佟年抱着背包，小声回答，"是他。"

"鱿小鱼，"蓝莓猛地止步，用最诚恳的眼神，深深凝视她，"不管你男人是谁，让他一定帮我要个 Gun 的签名，给我老公要个 Gun 的签名。求你了，好不好？好不好？"

"……"这要怎么解释……

"那个，"Demo 还以为佟年在犹豫，好心接话，"放心吧，老大虽然从来不签名……但嫂子的朋友一定会给面子的。"他嘿嘿笑着。

！！！

蓝莓眼前一黑："他说什么……"

"就……"佟年觉得自己超级无辜啊，"就，他老大就是 Gun。"

！！！

"我老公男神是你男人？！"蓝莓马上要昏过去了。

"就……"佟年觉得自己会被打死，忙小声求饶，"我发誓，不是不告诉你。我真的……只见过他两次，今天是第三次……"

！！！

"两次就搞定了？！"蓝莓浑身发热，又活过来了。

Demo 觉得自己听到了不得了的秘密。

如果说这是第三次，上次是第二次见面，那就是说……老大用一次见面就搞定嫂子了？！这是什么效率？！他也浑身热血，八卦的欲望充满了大脑，迫不及待就要去和大家分享老大和嫂子不得不说的秘密，立刻咳嗽了声："那嫂子，我先撤了。"说完就跑。

小正太跑得快，一会儿就扎进了 K&K 的人堆。

留下佟年和她身边已经明显打了鸡血不太正常的御姐蓝莓……

她用难得清醒一点的意识，判断了一下现在的形势，小声解释："他……脾气不太好，你一会儿千万别问问题，我……回去再给你解释好吗？"

可，解释什么呢？

算了，回去再想回去的事。

蓝莓马上领会精神，点头，再点头，想了想，又觉得不对："不对啊，鱿小鱼，你是不是太镇不住男人了？他脾气不好，你就惯着他？这不对，这不好，男人是越惯越坏的——"

"回去再说好吗？"她快哭了。

"哦，哦，放心，"蓝莓比画了一个拉链的手势，从嘴巴前滑过，"保证装死到底，绝不打扰你们谈情说爱。"

……

她已经选择性放弃解释了。

就这么慢慢地，蹭过去，蹭到他面前，停下来："你……找我？"

Gun 正拿着一个黑色保温杯，给自己倒了杯水，看到她，瞥了眼她身后的陌生女人，脸色不太愉快。

"这是我朋友，"佟年轻声解释，"她和我一起来的。"

"坐。"他简单说，嗓子很哑。

"哦。"佟年拉了拉蓝莓袖子，绕到他后一排。

后者早就耳濡目染，从自己老公那里听了无数 Gun 神的描述，知道他是个真高冷，自然不会介意这个男人这么少话，跟着佟年乖乖坐下。

"让你朋友坐后排，你过来。"Gun 背对着她们，不咸不淡地补充。他的声音原本就低哑，有些沙沙的质感，现在好像是感冒了，听上去更显不可亲近。

她有些为难，看蓝莓。

蓝莓立刻笑，满眼都是：随便随便，请把我当空气。

她这才放心，又小心绕回去，看了看 Gun 身边的座椅，在思考他的意思是让自己紧挨着坐……还是隔着一个位子坐……

Gun 扬眉，不知道她还愣着干什么。

她立刻停止思考，脸有些热热的，挨着他坐下来。

反正……是你要我坐的……

她默默地想。

他继续喝水，有些头疼。

从走进来那帮臭小子就没安静过，一直吵着闹着说看见嫂子了，还议论纷纷，变着法子指责他冷酷无情，不懂得怜香惜玉，竟然让 K&K 的老板娘站在粉丝阵营……

他觉得嗓子疼，实在懒得和他们多废话。

看着这情形，一时半会儿都安静不下来，索性就让 Demo 出去，把她叫进来一起看比赛。

果然很有效，立刻就不吵了。

不过……总要给小姑娘一个合理说法。

"我的队员很喜欢你。"他忽然开口。

"嗯？"我和他们不熟啊？

"所以，"他尽量面带微笑，让自己说的像真话，"他们想请你免费看比赛。"

"哦，"她有些难掩的失望，"谢谢。"

他察觉："怎么？不想看？"

"没，"她忙摇头，"想看。"

"那就等十分钟，和我一起入场。"

她点头，然后就听话地抱着自己的包，安静地等着。

等着……

顺便，悄悄看一眼。

嗯，又在玩手机？

有这么好玩吗……

没发现？

再看一眼。

……

旁边的人左手翻着手机里新下载的游戏，右手仍旧拿着纸杯，一口口喝水润喉。他始终知道佟年在看自己，直到终于……

被她瞄得有些不耐烦了，果断抬眼，直接捉住她偷看的目光。

！！！

被抓住了……

第八章

个中高手

"想干什么？"他了然，却还明知故问。

佟年慌了，左右瞟了瞟："我想……和大家解释下误会。"

"误会？"

"就是解释一下，我其实不是你女朋友，"她小声汇报自己的想法，"一直被他们误会，挺不好的。虽然我……"她卡壳。

"虽然喜欢我，但不想给我造成麻烦？"

"……"

他用目光，指了指 K&K 众人方向："去吧。"

"嗯。"

没关系，佟年，加油。

她深吸一口气，给自己打气。

Gun 忽然补充："一分钟内说清楚，不要影响他们的比赛情绪。"

"一分钟？"

"怎么？做不到？"

"……"

怎么可能一分钟解释清楚，还完全不让大家追问和乱想……

"做不到，就等比赛结束再说，"Gun 将视线挪回到手机屏幕上，确认了时间，"走了。"

说完，他将所有杂物一股脑儿地扔进了脚边的背包，拉上拉链，站起身。

他不光是嗓子疼，肩膀和脖颈也都不太对劲，估计是昨晚通宵造成的。所以在起身后，很自然地左右动了动脖子，揉了揉自己的肩，然后对看向自己的一众 K&K 队员歪了歪头，意思是：进场了。

K&K 众人马上拿出自己的鼠标键盘，见嫂子和嫂子的闺密跟上老大步伐了，才识相地，远远跟在后边，进了正式的比赛场地。

长长的甬道，他走在最前面，她抱着包，亦步亦趋跟在身后。

身材真好……

她默默地仰望他高且瘦的背影，甚至觉得他有些不太正经的走路姿势也那么有型……一边看着，一边就低头，忍不住抱紧了背包。

心里有电流嗖嗖地窜来窜去，控制不住就傻笑。

太幸福了……竟然能跟着他一起看比赛……

这是个封闭的体育馆。

比赛舞台前十排是给各个俱乐部的工作人员和选手预留的，K&K 入场最晚，完全是顶着体育馆内所有观众和其他俱乐部的目光，一个个走进来的。佟年跟在 Gun 身后，耳边尽是用来预热的电子乐，她瞥了眼台上，两排电脑分列舞台左右两侧，空空无人。

根据上次的经验，一会儿应该就是在这上面比赛。

"殿下殿下，"身边做空气很久的蓝莓，终于轻声开口，"记得帮我要个签名。"她可是很识相的，知道一会儿鱿小鱼又要坐到 Gun 身边，现在是她的最佳悄悄话时间，再不说就来不及了。

"啊，不要，"佟年立刻紧张了，做贼一样的耳语，"我怕他一生气，把我们赶出去……"

"啊？你抖 M 吗？！"蓝莓又要昏倒了，"和你男人要个签名怎么了？！"

"他不是……啊，"她实在说不出"我男人"三个字，卡壳半天，悄声地，小声地交代，"我喜欢他，他……不喜欢我。"

"啊？！"蓝莓不敢相信，绝对一百二十个不信啊！！

"密室の游鱼"追男人，简直……无法想象的画面。

从她认识鱿小鱼开始，只见过粉丝向她表白，男粉还会在贴吧写几万字的情书、做视频……能见过的追求方式都见过了，这个慢半拍完全没反应。她刚才还琢磨，老公的这个男神是用了什么方法两次就搞定了她……

原来！是她倒追他？！

关键是！不喜欢是什么意思？没追到？？

……

蓝莓猛瞅她的表情，后者一脸诚恳且耳朵红红的样子，的确……不像说假话……

蓝莓觉得自己脑子用不过来了，需要消化消化。

就这么呆呆地忘记了给老公大人要签名的任务，自主自发地坐在了两人的身后，开始默默思考佟年所说的事实到底是不是真的……

如果是单相思，Gun 神这是图什么呢？

欲擒故纵？

……

Gun 坐在了贴有 K&K 纸条的椅子上，左手边是一人走道，走道的另一侧就是 SP 俱乐部的众人。佟年挨着他坐下来，就发现，SP 那里也是各种灼灼目光望过来，尤其……还看到了刚才那个好心扶自己的短发美女。

对方看过来，她也就不好意思地对美女笑了笑。

忽然，身边的男人也侧过头来，看她。

嗯？

她抬头，怎么了？

"你认识她？"

她？哦……"不认识，"她老实交代，"刚才在外边，被人挤进人墙，她扶过我。"

有什么问题吗？

为什么他显得……很不高兴？

对哦，怎么又忘了，SP 和 K&K 是死对头啊，她默默忏悔。

那双极黑的眸子看着台上，过了几秒，忽然问："知道她是谁吗？"

嗯？她摇头："不知道……"

"SP 的 Appledog，十年前 CS 冠军战队的狙击手，现在 SP 第一战队的领队。"他说完，又觉得自己说了一段废话，身边这个小姑娘根本就不懂电竞。

？？！！

天啊，Appledog？！

她忽然就紧张起来。

这就是他喜欢十年的女孩子吗？

十年……

所以……他特地告诉自己……是要提醒自己，他已经有喜欢的人了吗？

她垂下眼睛，看着自己的鞋，忽然就心里空落落的，什么小欢欣、小雀跃都不见了，只是觉得如坐针毡，不知道该怎么回应……是起身默默离开吗？人家都说得那么明白了。可……主持人已经开始说话了，这么直接走，会不会影响不好……

她越想越低落，纠结了很久，还是决定："我要不要……趁着还没正式开始走？"

忽然冒出这么句。

Gun 有些莫名其妙："走？"

"嗯，"她继续盯着自己的鞋子，眼角的余光里都是他，全都是他，可能……这是最后一次离他这么近了，"坐在这里，怕让她误会。"

"误会？"

一定会误会的……她越发黯然。

他越发莫名："误会什么？"

"误会我是你女朋友。如果误会了，肯定会生气，你就……麻烦了。"

那么你建立 K&K，想要追回她就更难了……

"……"

他终于懂了。

懂了她想表达的意思。

她以为自己和 Appledog 有关系？或者，以为自己暗恋 Appledog？

开什么玩笑。

他一时有些好笑，真是躺着也中枪啊："她生气不生气，和我没关系。

不过——"

嗯?

等等……

没关系? 他说没关系?

Gun 为了避免让闲杂人等听到, 用一种近乎于耳语的声音, 笑着揶揄："小姑娘, 情报离谱啊。不是说喜欢我吗? 怎么连我单身, 且对女人没兴趣都不知道?"

"我……"

"哦, 对,"他补充道,"不只女人, 我对男人也没什么兴趣。"

"……"

于是坐在第三排的 K&K 众人, 以及在场其他俱乐部的人都近距离地观看了一场调戏与被调戏的哑剧：K&K 的老大 Gun 是如何偏过头, 对着自己的女朋友耳语了一句, 就成功地让那个超级大萌妹一秒面红耳赤, 双手捂住嘴, 和他足足对视了十秒后, 猛地将整张脸都埋在了自己的书包上……

这……

传闻中的不近女色呢?

开玩笑吗?!

这明显是调情领域的个中高手啊……

他就是觉得无聊, 演练了一把对自家队员那套揶揄打压的手段。

很快, 比赛开始, Gun 脸上的神情全无, 恢复冷淡, 开始观摩 SP 的八分之一决赛。

……

整个会场都暗下来。

身后, 突然有人悄悄地戳了下她的肩。

她回头, 蓝莓给她使了个眼色, 用口型说：去洗手间。

她看了看已经专注看台上大屏幕直播的 Gun，悄悄将背包放在了座位上，猫着腰和蓝莓一起潜伏进了洗手间。前脚刚迈进去，立刻就被蓝莓揪出来，带到大厅的某个角落："鱿小鱼——"

"我尽量给你要签名，"她举手投降，可怜巴巴，"好不好？"

"签名先放后，"蓝莓眯起眼睛，凑近她的脸，一双乌溜溜的大眼睛里全是她的倒影，"给我讲清楚，你和我男人的男神是怎么回事？"

"就……"

……

她用了十分钟，将整整一个星期的事情讲清楚，然后默默地，低头玩手指："不是不告诉你，就是觉得表白被拒挺丢人的……"

话没说完，一根手指就戳上她的额头："表白？表白是倒追的大忌，你知不知道？！谁会对一个只见过两次就表白的妹子有好感？啊？你的智商都被狗吃了？"

"……我没想表白，不说清楚就会被误会喜欢那个娘娘腔啊……"

"空有九十分的颜，到现在连个九分的男人都没有，还初恋？还暗恋？还表白？就你这样怎么拿下我男人的男神？"

"……"

蓝莓揉揉自己戳疼的手指："倒追最蠢的就是，在对方没看到你任何优点时，就冲上去说我喜欢你，鬼才会接受这种神经病好吗？你要渗透，要以各种方式出现在他身边，展现各种专长，最美好的、最擅长的，甚至是最受男人欢迎的瞬间，可就是不能用语言承认喜欢他，让他百爪挠心，让他各种猜想，让他明明感觉到你喜欢他，可就是得不到答案，懂吗？"

"……嗯。"

"让他先开口问你，先开口暗示，先开口表白，懂吗？"

"……嗯。"

……

十分钟的填鸭式教育后，她又悄无声息地回到了他的身边，反复琢磨蓝莓的话：他那么方便都不肯解释，就说明，他不反感，甚至，对你已经有好感。

有……吗？

她有些忐忑，偷看他：我怎么没看出来……

Gun 显然中途也离开了一次，从休息室拿了保温杯，继续将杯子里的水倒入纸杯里，一口口喝着润喉。他感觉到，身边的小姑娘又开始不安分地瞄自己……他将纸杯，凑在嘴唇边，发现那一束小小的微弱的目光又偷偷移开了。

……

整个比赛很精彩。

当 K&K 赢得四分之一决赛时，全场爆发出巨大的掌声。

掌声、主持人的兴奋恭喜，还有五个男孩起身致谢的动作，都是她从未见过的陌生画面。她从没近距离看过这种比赛，好像，游戏这种东西一下子就变得高大上了……

她忍不住和满场的观众一样，鼓掌鼓得掌心都红了。

五个人走下台，从 Gun 身前走过。Gun 微翘了嘴角，对走过去的队员一个个点头。

这是一场没有任何意外的胜利，他没准备再看剩下的 SP 四分之一决赛，站起身，拍了拍佟年的后背，示意她可以走了。

于是 K&K 就在这场比赛的中场，全部离开。

……

佟年跟在他身后，感觉自己的后腰时不时被蓝莓用手指狠狠戳一下，再戳一下……终于在跟着他走进 VIP 休息室时，憋出了半句话："恭喜……你们赢了。"

蓝莓昏倒，说好的欲擒故纵呢？！

Gun 将保温杯扔进背包里，拉上拉链，提起来，斜背在肩上后，转过身居高临下地看着她的头顶。

佟年马上紧张。

"你不是要解释吗？"因为说了太多的话，他嗓子越发哑了，更显得压迫。

她愣住。

啊，对，解释，她惊醒，轻声问："现在可以了？"

偷听的蓝莓……

不要解释啊！！解释就没机会了！！请随意误会吧，这就是爱情最开始的苗头啊！！

Gun发现，跟着佟年的陌生女孩在一个可以偷听的范围，冷淡地看了女孩所在的位置。后者立刻打了个冷战，自觉自发，退后一步，两步，三步……

"完全可以，"Gun两只手插在裤子口袋里，在她面前弯下腰，平视她的眼睛，"先给我演练一遍，你想怎么解释？"

"演……练？"她磕巴了一下。

"让我听听，你能不能解释清楚，"他仍旧看着她的眼睛，"我不想浪费大家时间。"

"我……就说，我和韩商言……"

佟年从没和他如此长时间对视过，此时，此刻，现在，在那双眼睛里看到自己的清晰影子，竟然，彻底，不知道怎么说话了。

满耳朵，都是砰砰砰，砰砰砰……

我和韩商言……怎么来着……

"不会说？"

砰砰砰……

他还想再说什么，就这么看着小姑娘的脸从煞白到傻红，红得简直比当年以脸红出名的Appledog还严重……忽然觉得，似乎自己又过分了？小姑娘就是喜欢你而已，又不是罪大恶极，收敛点，当她是队员那么教训就过分了啊，他告诫自己。

于是，稍微捡回一点良心的人，清了清喉咙："坦白讲，我没交女朋友的计划，"他站直了身子，扫了眼身后正在收整，准备撤离的大男孩们，"这些男孩，最小才十五岁，就把所有未来、前途都交到我一个人的手里，所求的也不过是有朝一日能身披国旗，拿回世界冠军，向父母证明他们的选择没有错。所以，我没时间、没精力应付任何一个 K&K 以外的人。"

他说完，视线又落下来，落到她的身上："听懂了？"

……

佟年没想到，他说出的是这么严肃的一段话，不由自主地点了点头。

这里是他的世界，一个陌生的世界。

让人仰望，也值得去仰望。

……

Dt 正好走到他身后，听到这么一段话，难得地将视线偏了偏，看了看那个可怜的被 Gun 装出来的伟岸形象骗了的小姑娘。

看不下去了。

每次拒绝人的套路都不一样，这次最离谱，竟然拿俱乐部说事。

Dt 真心觉得，小姑娘完全可以芳心另许，好好一个不会玩手段的纯洁妹子，要是跟了 Gun 就毁了……所以他选择沉默着，转身走了。

于是，什么喜欢不喜欢，签名不签名？完全浮云。

佟年和蓝莓用"我们好肤浅好胡闹"的表情，看着 Gun 带着 K&K 众人离去。众人不知道小嫂子为什么不和老大一路走，虽然有猜测，但还是不太敢问，只是最后离开时，纷纷对佟年点头，一脸"嫂子下次见"的热情笑脸……

第九章

相了个亲

失恋了……

佟年整整三天没出家门，就在自己的小房间里，对着屏幕看一个个《密室风暴》的比赛视频。从 K&K 和 SP 到二线战队，最后都看完了，就去看网络上的精彩名局。等到第三天晚上已经是除夕，她连 K&K 的所有采访视频、文字资料都看完了……

Gun 很少接受采访，只有寥寥两三篇，话总共不到十句。

都不太正经。

真得不太正经，和那天他所说的话判若两人，也和他百度百科上所构筑出的形象不同，好像他的回答永远都能把记者的问题化解，然后再丢一个嘲讽技能。

最重要的是，她终于有些了解，当初 Solo 战队解散，也让 Gun 在最鼎盛时期彻底退役了，只留下了短短的一行话，自此消失十年的感受。

佟年看着那段退役的话，甚至觉得心酸。

他当年退役的时候是有多伤心啊……

笔记本电脑屏幕上，正显示着一个小小的屏保，是她自己做的。里边有个卡通的男人形象，在变幻各种表情，对一个骑着大猫的萝莉说着话。每隔三秒，会变换一句，都是他曾对她说过的话，她都一字不差地输入进去。

为了怕爸妈偷看，她都改成了日语。

鼠标触上去，还能发出声音，声音还是根据他的声线特地做的……

她无意识地用鼠标碰了碰那个卡通男人，蹦出了一句话：“小姑娘，情报离谱啊。不是说喜欢我吗？怎么连我单身，且对女人没兴趣都不知道？”忽然跳出来的话，让她一愣，马上又脸红了……然后又立刻觉得更伤心了。

好吧，失恋也要有缓冲期……

要不然也太滥情了。

她安慰自己。

门在身后悄无声息地推开，母亲大人走进来，看了看蔫头耷脑的佟年，笑着劝说："准备准备，要出去吃饭喽。"佟年失神地回头："在房里吃行吗……"

"那可不行，年夜饭怎么能自己吃？"母亲大人继续低声哄她，"先下楼打个招呼，你姑妈他们都来了。"

……好吧。

她动了动手臂，站起身，推开门，沿着楼梯走下去。

欸？好多人——

！！！

为什么沙发的尽头坐着的那个穿着一身黑色休闲服，正在低头喝茶的男人……那么像他？！一定是傻了……

她郁闷地低头，狠狠踢了踢楼梯扶手，转身……上楼。

"年年？"楼下姑妈的声音立刻响起来，"我还说你怎么一直闷在屋里呢，学习学傻了？"姑妈热情地招呼她，"快来，你表姐刚回来，你们也好久没见了吧？两三年？还不好好聊聊？"

……

她最怕就是碰到精英表姐了。

但大过年的，也没办法，终归是亲戚。

她只能又闷闷地转头，然后，彻底僵在那里。喝茶的男人已经抬起头，根本就是他，从眼神到坐姿，到那种不太耐烦的感觉都是他……

她就这么傻傻地穿着一身柠檬黄色的运动服，站在楼梯上。

运动服上还画满了维尼熊……

Gun 轻挑眉，将视线收回，继续低头喝茶，好像这屋子里的一干人等都和他没有太大关系。

她都不知道自己是怎么下楼的，也不知道是怎么被姑妈和妈妈围着，絮絮叨叨地互相聊着她和表姐的工作、学业，然后再将这些一起介绍给一个老爷爷。

"十九岁好，十九岁好啊。我有个外孙也和你差不了几岁，也是学计算机的。一会儿啊你们认识认识，肯定有很多共同语言，"老爷爷听着佟年妈妈的介绍，和蔼地端详着呆若木鸡的佟年，越看越觉得和自己那个小外孙般配，忍不住侧头问 Gun，"小白呢？什么时候到饭店？"

"不知道。"Gun 答，嗓子已经完全说不出话的感觉。

"给他打个电话，年夜饭可不能迟到。"

老爷爷呵呵笑，比他随和多了。

很快在妈妈的招呼下，众人纷纷起身，准备去预订好的餐厅吃年夜饭。

佟年蒙蒙地穿了大衣，围好围巾，跟在妈妈身后走出。十几个人，四辆车，只能分散着送走。"年年，"妈妈随手将她的围巾系紧，压低声音说，"交给你一个任务啊，你表姐和那个大哥哥在相亲。你们是年轻人，你去和他们两个坐一辆车，听听两个人在说什么，见机行事啊，乖。"

相亲？

他要和表姐相亲吗？

他不是说……没交女朋友的计划吗……

佟年抬头，看见不远处的 Gun 已经打开了前车门，背对着众人，将身上的外套脱下来扔到副驾驶位上。"我不想坐他的车……"她鼻子一酸，低下头。

傻子，人家哪是不交女朋友？

分明就是……不想搭理你而已。

"乖啊，"妈妈还以为她是尴尬，"你不过去，难道还自己打车去？"

"嗯，"她紧紧攥着自己的大衣袖口，"我自己打车过去……"

"打车干什么啊？"身后已经有人挽上她的手臂，表姐压低声音，拜托她，"我和他也是第一次见。一起嘛，这样冷场的时候，咱们还能说话。"

不要……打死也不要……

她低头，死活不肯挪动一步。

可也就是这么短短两三分钟，所有人真的都已经分开上了车，就剩她和表姐站在楼下，后者自然不知道她的纠结，就这么半推半拉、半说服着把她带到 Gun 的车上。

一辆车，三个人。

表姐原本想要坐在副驾驶座上，可人家把衣服扔在那里，没有拿走的意思，也没有客气客气让表姐坐的话，自然，只能有些不太满意地和佟年坐在了一起。

"相亲好几次，这位是最没风度的。"表姐耳语。

……她默默坐着，胡乱地"嗯"了声。

整个人像是悬在了一根细细的钢丝上，不敢妄动，只是拼命祈祷，快开到，快下车，快吃完饭，就可以回家了……

车从小区开出去，直接开上了主路。

表姐率先打破车内的安静："大家都是年轻人，我就先自我介绍吧，我是做市场的，在一家奢侈品公司。你呢？"

"没什么正经工作。"Gun 单手握着方向盘，另外一只手翻出手机。

过了会儿，手机开始传出导航的声音："前方三百米靠右……"

气氛有些诡异，表姐也察觉出他的不可亲近，但还是很礼貌地搭话："那……也该有个职业吧。听说你在创业？"

"职业？"他不太耐烦，"打游戏算吗？"

……

导航："靠右直行两百米，进入辅路……"

导航："请注意前方一百米有测速装置……"

导航："请注意……"

……

表姐无语，凑过来，在佟年耳边低声说："就是个不务正业的富二代。"

"不是，"佟年脱口而出，立刻声音又低下来，"打游戏也是正经职业。"

"正经职业？"表姐看怪物一样看她。

"职业选手可以拿冠军，是国家承认的体育项目，"佟年忍不住，替他继续解释，"而且他们如果赢了，奖金很高的……主要的不是奖金，而是荣誉感，中国的很多竞技游戏项目都是世界领先，拿了很多金牌。"

表姐似懂非懂，但想了想，还是觉得不靠谱："那，也没有一辈子打游戏的啊？"

……

车猛地停住。

到了？

佟年看窗外，嗯？怎么停路边了？

她正一头雾水时，坐在驾驶座上的人已经转过头，头一次直视今晚的这个相亲对象——佟年表姐："有些话，说清楚比较方便。我呢，对你没什么兴趣，以后也一定不会有兴趣。当然，你肯定也对我这种人不会感兴趣，"他忍受着嗓子的疼痛，哑着声音说，"大家都是成年人，配合一下长辈，吃顿饭就结束了。如何？"

表姐的表情都僵在脸上了，她发誓！她绝对没见过这种男人！

"还有，"Gun 视线偏了偏，看佟年，"你也不用装着不认识我。"

……

她忽然被点破伪装，完全不知道说什么。

就张了张口，愣愣地傻看他。

气氛秒速降到冰点。

表姐不敢置信地看佟年，又看自己这个也才第一次见面的相亲对象。发生了什么？这是什么情况？两个人认识？

而这个说话完全不留情面的男人将两姐妹扔进了最尴尬的境地，然后继续回身，松开脚刹，转入辅路，在一排排精致路灯中的马路上，轻松绕过前面几辆车，加速向目的地而去。

表姐不想再让他听见自己和佟年的对话，只是抓住她的手，用眼神问：什么情况？

"我们，"佟年结巴了一下，轻声说，"不熟，就是认识……"

认识？一个常年在国外，去年十二月才刚回中国；另一个因为恐飞从不出国的两个人，还相差十岁，是怎么认识的？

表姐迅速判断：网友？

佟年忙摇头："不是不是，偶然认识的。"

表姐狐疑地看了看她，看上去不像是假话，可怎么都能看出她还藏了什么。这娃从小就比较简单，说谎的话，是个正常人都能戳破……更何况，表姐这种情商偏高的。

车到了地方，她和表姐下车，后者迅速被姑妈拉走，询问初次接触的情况。因为怕姑妈和表姐询问自己，佟年就借口等妈妈的车来，一个人默默地站在玻璃门后。

隔着玻璃，看不断停下来的车。

Gun 将车钥匙交给停车的人，从巨大的玻璃转门走进来，发现了她："还不走？"

她双手插在大衣口袋里，尽量让自己装着什么事都没有："我……等我妈来。"

Gun 的视线里，小姑娘完全是一副"我没事""我不在乎你"的死撑表情。

他回忆了下刚才在车内的那句话，让正常人理解，的确是有些过分，所以说道："我对你表姐没兴趣，尽量也想让她对我不产生兴趣。"

"……"和我说这些干什么……

"所以你在车里说的那些话，显然在捣乱，"Gun 耐下心，解释给她听，"我的职业是怎样的，不需要一个外人来认同，尤其是以后根本不会有任何交集的人，更不需要去解释。懂了？"

虽然他不认为自己需要解释，但这个小姑娘算是他漫长人生里，难得接触的几个女孩之一，也算是朋友，总不能让她太难堪："至于为什么在车里点破我们认识，是因为这是个无法坚持下去的谎言。一会儿我弟弟就来了，他会认出你，也一定会说实话，所以从一开始我们就没必要装成陌生人。明白？"

他弟弟？

她反应了一下，不会是……那个一直戴着帽子特别高的男孩吧？

"心里舒服了？"他总结性地问了句。

"……舒服了……"

"那走吧？"他觉得自己这次再回挪威，一定可以轻松担任起家庭保姆的职责了，短短几天，耐心简直呈几何倍增长。

佟年"哦"了声，乖乖跟着他进去。

两个人进入预订好的包房，因为交通堵塞，只到了半数的人。

姑妈还在和表姐嘀嘀咕咕的，前者显然太满意 Gun 的家世和学历，后者显然太嫌弃 Gun 的不务正业和傲慢无礼。佟年前脚刚进去，就被姑妈拉过去，好声好语地追问这个男人是个怎样的人，毕竟他们两个认识。

佟年想到 Gun 说的话，不知道是该说好话，还是该故意说坏话。定夺不下，索性就摇头："我真和他不熟，就是一个星期前认识的，就知道他打游戏很好。"

"人品呢？是不是真不务正业？还是……装出来的？"姑妈不死心追问。

"……不算不务正业吧。"

她怕再被追问，装着打电话，拿出手机，躲到了角落里。

一边喝着饮料，一边默默地胡乱按着手机屏幕，从唱吧到 yy，再到 B 站、微博，等等，只要是能打发时间的地方都逛了一圈。

妈妈是最晚到的，和爸爸一起走进来，她终于松了口气，想要叫妈妈坐自己身边，没想到，很快就看到妈妈身后的那个戴着棒球帽，穿着 K&K 队服的大男孩。男孩沉默着，没有任何表情地走进来，左右看了看，先是看到了 Gun，点头算是招呼。

然后，也看到了佟年。

Dt 难得有了些异样的表情，认出佟年后，又不解地再次看 Gun。

"小白来了？"老爷爷笑呵呵地忙着招手，让 Dt 过去，"来，给爷爷看看，你这几个月有没有长高。"

……还长高吗？佟年忍不住仰头，目测 Dt 的身高。

再高……就要撞门框了吧？再说，比哥哥高多不好啊……她默默地想着。

她分神地想着，忽然感觉自己的胳膊被人推了推，醒过来，发现所有人都看着自己。

嗯？

看我干吗？

"来，年年，过来，我来给你介绍介绍我这个孙子，"老爷爷简直是恨不得两个人立刻彼此熟悉，能凑在一起吃饭，最后发现彼此合适的不行不行的，明天就宣布订婚的态度，"你爸妈还见过他两次，小的时候。"

佟年又不在状态，走过去。

边走，边想，这次不能装作不认识了……

Dt 却很明显察觉到自家这位爷爷想要做什么，他的表情再次变了变，有些匪夷所思地看 Gun，开始默契地与他快速用目光交换着信息：这是要干什么？

Gun 一副事不关己的神情：很明显啊。

Dt 眼神偏了偏，扫了眼佟年：开什么玩笑？

Gun 耸肩，意思很明显：自己的问题，自己解决呗。

Dt 很不爽。

后者已经避开视线，随手拿起扔在沙发上的杂志，翻了起来。

Dt 再看眼前，佟年已经乖乖地站在自己爷爷身边，被老人家和善地握住了手。他用十分之一秒的时间，做了一个判断，虽然他之前希望小姑娘芳心另许，不要跟了满口胡诌的 Gun 被毁了，但显然，比起小姑娘的幸福，他更不希望这件事绕到自己身上。

"小白啊，这是年年，就是你佟爷爷的孙女，最小的一个孙女，也是家里的掌上明珠。"爷爷笑眯眯地看 Dt。

Dt 平静地做了决定："哦，我认识。"

"认识？"众人意外。

Dt 略微点点头："她好像——是我哥的女朋友。"

一刹那，房间里任何声音都没了……

陷入了一片死寂。

……

"小白——"Gun 扔了杂志，迅速从沙发上站起来。

"你不要说话！"爷爷忽然出声，不太爽快地看了他一眼，"从小就没几句实话，我不听你说，小白，你接着说。"

Dt 倒是懂得知进退，也没多渲染，只是适当地摇了摇头："具体不太清楚，我们俱乐部的人都叫她嫂子。"反正这也不算假话。

佟年……

已经完全惊呆了。

发生了什么……

"年年，过来，"身后，妈妈拉住她的胳膊，将她圈到怀里，轻声问，"是不是真的？"太可怕了，怎么忽然就蹦出一个男朋友？要是给佟年表姐也就算了，年龄差不了几岁，也算合适，可和佟年在一起……

佟年妈妈蹙眉，不太满意地看了眼 Gun：年纪太大了。

"不是，"佟年摇头，再摇头，"真不是。"

"那是怎么回事？"妈妈更觉得不对了，小女儿的表情显然是有事。

佟年欲哭无泪，低声告诉妈妈："我真不是他女朋友。"

这房间里，除了四个小辈，可全是活了大半辈子的人。

怎么会看不出小姑娘的难为情？

还有 Dt 的一脸坦然，以及……Gun 明显的情绪起伏……

表姐和姑妈恍然。

姑妈有些生气，不过也是无奈，孩子们脸皮薄不肯说实话，有什么办法？姑妈摇摇头，有些遗憾地端详了下这位精挑细选很久的未来女婿，真是不错，怎么就……喜欢年纪那么小的佟年呢？不觉得年龄差太多了吗？

满屋子的各种眼神交流，各种欲言又止。

各种的你懂，我懂，大家懂……

Gun 有生以来头一次尝到了栽跟头的挫败感，他有些尴尬地站在爷爷身旁，几次想要说话，都被老人家怒视回去。无奈下，他用一种非常危险的目光看向 Dt：你小子不想活了？

Dt 的眼睛在帽檐下，有着超乎一般人的镇定，完全是"谁让你碰我底线，陷我于不义"的坦然。

显然，老人家很喜欢这个一看就很简单的小姑娘，但也显然，老人家是想把这个小姑娘介绍给自己最喜欢的大外孙。但……唉，年轻人的事还真不由你猜想。

老人家终于叹口气："既然小白都说了实话，你也不用解释了，去给你佟叔叔和阿姨问个好，也算是第一次正式见面。"

啊？！

佟年紧紧地拉住妈妈的袖子，狂摇头："真不是，妈，你相信我，我发誓，真不是啊……"

母亲大人却是摸摸她的头发，低声哄着，有些无奈："长辈说话，不要插嘴。"

唉，要不是韩家的人，真是看不上这么大年纪的。

妈妈和爸爸对视一眼，非常不满意这个忽然冒出来的女儿的"男朋友"。

……

佟年求助地看向 Gun。

后者在迅速考虑对策，已经顾不及身外事。老人家都九十多岁了，要是真顶撞起来不知道会出什么事，还是大过年的……他默默地将眼睛闭上，让自己冷静下来，就信任度来说，自己在爷爷面前完全是负值，和 Dt 没可比性。

现在在座的长辈一定认为是自己骗了小姑娘，还不肯负责承认。

这种局势下，解释就是狡辩。

除非 Dt 那个臭小子承认他说的是假话，但显然，他绝对不会翻供。

……

"韩商言！"老人家越发不快，都直呼大名了。

他长吁了一口气，将手机放进裤子口袋，一步一步走上前，走近佟年。

近到只有一步的距离，慢慢停下来。

然后用很漂亮的一个动作，伸出了右手："阿姨您好，我是韩商言，刚和年年在一起不久，没得到她的同意，也没敢登门拜访您和叔叔，抱歉。"

第十章

分手倒计时

当然，佟年妈妈没那么好说话。

反正手是没有握的，只是打了个哈哈，随口说小时候看到过 Gun 的很多照片，和他父母也见过，没想到一晃竟然长这么大了。

佟年爸爸觉得内人做得有些过分，落座后，低声问她怎么连小辈的面子都不给。佟年妈妈不高兴了，看了眼隔着一个佟年的 Gun："现在的小孩子不像我们当年，交朋友又不定性，说不定明天就分手了呢。"

佟年爸爸琢磨了会儿，深以为然。

Gun 似乎一点都不在意吃了个隐晦的闭门羹，整场表现都极差。

比如，从不给佟年倒饮料，从不陪她小声说话哄她开心，从不关照她吃菜，从不……最后，连姑妈都觉得幸好没给闺女相上这位大少爷，否则只有女方拼命倒贴的份儿。

整顿饭都快吃完了，佟年才偷偷地在自己手机上输入了一行字，递到他眼皮底下：为什么……要说假话？

别看这么简短的一行字，她足足打了十分钟，换了各种措辞。

虽然知道他说的是假话，还是有一点点的期待，纵然有千万分之一的机会……会不会他……觉得自己比表姐适合他？

Gun 看清了问题，有些头疼。

这个问题解释起来有些麻烦，要从 Dt 十二岁回国开始说起。显然，他今晚不想再费任何脑子了，需要最快给她一个安全无害的说法。

"我弟弟，有个喜欢了十年的女孩，"他用两个人最近的距离，最安全的音量告诉她，"他来之前拜托我一定要帮他摆脱这次相亲，实在太棘手，不得已只能用非常手段了。很抱歉，过了今晚，你随便找个借口分手，不体贴、不温柔、没共同语言、年纪太大……都可以，分手原因随你定。"

"哦……"她眼神黯淡无光。

"抱歉。"这句倒是难得诚恳。

"没关系……也是为了帮他嘛。"她轻声喃喃。

她的眼睛轻轻瞄了眼吃饭的大男孩，估计是因为和长辈吃饭，他难得没有继续戴着棒球帽，而是脱下来放在了腿上。一言不发，低头吃饭。

喜欢了十年的女孩啊，真好，十年前我才九岁……

咦？不对，十年前他不也才十二岁吗？

！！！

好早！

晚上，众人要离开的时候，爷爷特地让他开车将佟年和她的父母送到家。

车开到楼下，熄了火。

佟年慢慢地解开安全带。

妈妈还想要留在车里盯着两个人，就被爸爸先推了推肩膀，意思是，长辈怎么也要意思意思给人家一点点说话时间。

于是，在不情不愿里，佟年爸妈下了车。

车里放着电台的歌，是朴树的《平凡之路》，他开的声音很大，整个车内都在循环着歌词："我曾经跨过山和大海，也穿过人山人海，我曾经拥有着的一切，转眼都烟消云散……我曾经毁了我的一切，只想永远地离开，我曾经堕入无边的黑暗，想挣扎无法自拔……"

……

"我能，问你个问题吗？"佟年瞄着车外的爸妈，轻声问。

Gun 有些走神，不知道是不是在认真听歌词的原因，还是音乐声实在太大了，只听到她在说话，却没听清她说的是什么。

他的视线从车窗外的景色，移回来落在她身上："还不回家？"

"我想先问个问题。"她举手，重申自己的要求。

Gun 挑眉，示意她继续说。

"我们……什么时候分手？"

总要，有个时间吧？

Gun 没想到是这个问题。

他在小姑娘的眼睛里，看到的是各种情绪，纠结的、失落的、慌乱的、口是心非的……这诸多情绪下难以隐藏的是那抹小小的，非常想要压抑住的期盼。

车内有些异常安静。

一分钟后，佟年乖乖下车。

妈妈立刻将她没系好的大衣拉紧，低声问："说什么呢？这么久？"

"没说什么，"用手搓了搓自己的脸，轻声喃喃，"就是……说了几句话。"

★★★★★★★★★★★★★★★★★★★★★★★★★★★★★★★★

Gun 的车停进地下车库，下车、进电梯、按下二十楼，过了十五秒，电梯抵达一楼。门打开时，正有几个 K&K 队员拎着小盒的消夜走进来，看到 Gun 的时候，年纪最小的 Demo 反射性倒退了一步，这才紧跟着前面两个马上闭嘴的队员低头钻进电梯。

老大……在吃糖……怎么办？

队长，Dt 队长你在哪儿？ Grunt，G 帅你在哪儿？我们搞不定老大啊啊啊啊！

门慢慢关上。

身后，两只手同时伸出来，扶住了 Demo 和其中一个队员的肩膀："年夜饭？"

"是啊……老大，"Demo 声音涩涩的，不敢回头，"这不没买到飞机票和火车票，准备初二再回去……吗……"

"吃完了来我房间，测测手速。"

"……"

他说完，想了想，又问了句："还有谁在，都叫过来，不及格的明天晨跑。"

"……"

众人快哭了。

有年三十测手速的吗？！有年初一晨跑的吗？！

还让不让人好好过年了！！！这俱乐部没法待了！！！

Gun发现没声音，蹙眉，极黑的眸子从镜子里扫了几人一眼："没听见？"

★★★★★★★★★★★★★★★★★★★★★★★★★★★★★★★★

一个小时前的车内：

歌曲渐入尾声，Gun觉得车内的温度有些高，随手把空调关上，漫不经心地反问她："你想什么时候分手？"

啊？我？

"怎么？"他语气不咸不淡的，"不知道？"

"我也不知道什么时候合适……"

现在？现在好像不合适吧？明天？好像也太快了点……一个星期？一个星期会不会显得太滥情了？一个月？

她在心里，不断不断地往后挪着时间轴……

"这样，"Gun打断她漫无目的浪费时间，按下中控台上的开锁键，啪的一声，前排车门解了锁，"等你觉得合适了，通知我。"

第二天，Dt从爷爷住的宾馆回到俱乐部的公寓，发现十几个男孩都穿着俱乐部的短袖，蹦蹦跳跳地搓着胳膊，原地做着热身运动，Demo 看到 Dt 立刻眼睛都红了："队长！"众人一拥而上，不管比他大的，还是比他小的，全部都一副终于找到了依靠的感觉。

不用说，走廊尽头那间房里的人昨晚的心情一定坏到了极点。

Dt 沉默着，点点头。

直接走到了走廊尽头，推开门。

发现房间里一地都是各种巧克力包装纸、水果糖包装纸，总之各种糖……没开灯，Gun 正在电脑里以绝对的优势虐杀对手，然后头都没回："回来了？"

显然，敢这时候推开他房门的只有这个敢出卖他的人。

Dt 的眼睛再次对房间巡视了一圈，什么都没说，转身走了。

一颗糖丢出来，顺着 Dt 的耳边嗖的一下飞出去，直接砸到了对门。门外，跟过来偷听的众人猛地一抖，立刻小跑着去晨跑了。反倒是差点被丢中的 Dt 什么多余的表情也没有，连眼神都没变过，反手帮 Gun 关上门，直接摸出房卡，刷开对面那扇门。

补觉。

房间里的男人就坐在椅子上，身体向后仰着，再次翻了翻助理拿来的行程单。主力站队初五集合，去三亚，一天后，K&K 大部队到三亚，他和 Dt&Grunt 去美国参加星际2的线下比赛。

安排得很妥当。

他翻来覆去，将那张纸看了几遍后，终于回到了看到这张单子时想到的第一个问题。

到底要不要告诉小姑娘，自己不在国内？

……

过去二十九年里，他只亲口应承过别人两件事，第一是当初做 Solo 战队的投资人，第二是答应由她决定分手时间。

会心软，或许就是因为她无条件相信了自己的解释。

那段狗屁不通的——因为 Dt 的拜托，才对众人说她和自己在一起的——解释。

他漂亮的脸上，除了有整夜未睡的疲惫和差心情，还有一些对未来无法掌控的烦躁。从昨晚开始他就有种不祥的预感，这次心软的行为会给自己带来无数麻烦。

现在……就是第一个。

★★★

过年前两天，她都被爸妈带着到处去拜年，和每年一样。

有时候，趁着大人们寒暄闲聊的时间坐下来，她都会翻来覆去想 Gun 的话。等到初二的晚上，她终于忍不住，和同样被拉出来拜年的豆奶小声探讨起来。

豆奶从头听到尾，简直比贺岁档的大片都跌宕起伏！

《三步腿软》和《智取亚龙湾》都别撕了，太不够看了！

"当然是对你有意思啊！"豆奶最后，听到昨晚两人的对话，终于按捺不住，噌地站起身，引来了家里众位长辈的视线……他立刻又偃旗息鼓，坐下来，凑在她耳边感慨，"告诉你，你真不懂男人，真不懂，唉，让我这个千帆阅尽的男人来给你解释吧。"

"你不就是暗恋过七个女孩吗？"佟年实在忍不住戳穿他。

哪里来得千帆阅尽……

"七个啊，血泪史啊，每个都有不同的表白方式，不同的拒绝方式啊，"豆奶痛苦地看着她，"听过一个词叫'久病成医'吗？我暗恋久了，也能成这效果。"

她狐疑，持保留态度。

"反正就是这样，他让你来决定分手时间，就是说反话。男人都要面子，你这么倒追他，他当然不肯拉下脸和你说'我不想分手'，对吧？他就是拐了个弯，暗示你。"

······

她还是不肯全信豆奶。

回家后，电话蓝莓，咨询了一下这个也是倒追自家技术男的女人。

"假戏真做啊！他就是要假戏真做啊！"

······电话那边的人比她还激动······

真的吗？

佟年抱着巨大的维尼熊，坐在电脑前，陷入了沉思。

如果······他真的不好意思说出口，想要尝试着在一起，那，还要分手吗？

她将下巴放在小熊的肩膀上，扯了扯毛茸茸的爪子，怔忡了许久，莫名就想到那天晚上，他走神去听的那首歌。歌词······很像网上搜到的他十年前退役的八卦。想到这儿，她扔掉熊，立刻去搜出来，认真对着歌词听了几遍。

眼前似乎有很多画面，呼之欲出。

他是如何在玩家热血沸腾的掌声中，起身致意；是如何和队友拿下一个又一个冠军，一个又一个世界排名······

忽然，正值巅峰的战队一夜解散。

这个被称为"已经达到职业选手个人能力最高峰的男人"一朝消失，离开了中国。

她眨了眨眼睛，鼻子酸酸的，有些难过。

手指无意识地在键盘上滑来滑去。

如果是十年前认识他，估计都不敢靠近他。他太耀眼了。

······

咦，不对。

十年前自己才九岁······

小学三年级······

还在为英语课成绩不好，拼命扯娃娃哭呢······

三年级吗？她脑子里蹦出自己背着巨大的书包，哭着把卷子折成小方块，藏进书包的角落里，然后回家成功被妈妈翻出来，妈妈第一个问题竟然是："你为什么把卷子藏在书包里，这不是最好找到的地方吗……"

那时候她连藏卷子都不会。

他已经是世界冠军了。

佟年有些感慨，打开微博，头一次破天荒地发了一句和日翻无关的话：

十年前，你们都在做什么呢？忽然好感慨，我还笨到只会把卷子藏在书包里，就有人已经是世界冠军了。

十秒后，三十条留言；二十秒后，七十条……

她反正没事做，一条条地刷过来，留言在剧增着，毕竟这是她百年难见的互动啊……无数个回答，各种奇葩的都有，甚至有粉丝嗅出来这微博上的情绪。

路人：^ω^ 十年前呀，喵，在补考！

路人：强力马克，顺手表白，殿下求嫁！

路人：殿下！"有人"是谁？？？

路人：排楼上！"有人"是谁是谁是谁是谁是谁？

路人：年前的漫展我去了，殿下殿下，我是那个给你情书的，封皮是红色的！殿下腿形真是绝赞！

路人：楼上别逗，我们殿下只有腿形绝赞吗？

路人：大大萌萌哒，藏卷子都藏在书包里……是为了表演如何被抓现行吗？

……

手机用户30230333：这几天不在国内，手机号码18400990+ 你家门牌。Gn。

……

路人：我也藏过！是藏在抽屉的角落里！原来我不是最傻的那个，哈哈哈哈哈哈哈哈……

路人：等等！楼上什么情况？？？

……

嗯？

嗯？！

！！！

佟年忽然窒息，两只爪子都按在自己胸口上。

是他是他！！！

第十一章

耳朵袜

漆黑的房间里，Gun 闭上眼睛，把手机递给97："帮我删了。"

啊？老大这是做什么？刚安装了微博客户端就要卸载？97接过手机，在他的目光里不敢耽搁半分，直接又删除了。

还以为老大终于开窍，要注册一个个人微博呢。

这年代谁没个个人微博啊，要是 Gun 注册微博的消息传出去，绝对一夜间就和 SP 的 Solo，还有 Dt、Grunt 的粉丝持平了，哦，不，显然当年 Gun 的脸是最漂亮的，性格也是最难搞的，不管什么年代这种高冷的都最吸引女生吧？粉丝肯定更多……

难怪。

97将手机还给 Gun 时，明白了老大不开个人号的原因：怕嫂子吃醋。

这一念间，97竟然恍惚觉得面前的大魔头有了些人气儿。

"你们在微博，一般是留言交流？"他两天没睡，抓着几个队员一直在打练习赛，此时真是有些困得头疼。

"啊？是吧，"这问题有点奇怪啊，和认识的人聊天一般都微信，谁微博留言啊，留言的都是粉丝，"不过私信比较方便。"

私信？ Gun 的眼睛勉强睁开，扫了97一眼。

后者脖颈嗖的一下发冷。

算了，懒得管了。Gun 再次困顿地闭上了眼睛，进入闲人勿扰模式。

在 K&K 有几个禁忌是关于 Gun 的，比如现在，他想要睡觉的时候，最好立刻消失，多一句废话都不要说。

97立刻闭嘴，蹑手蹑脚地离开房间，慢慢地，慢慢地，关上了房门。

呼哧，最近老大这屋里的气压也太低了吧……

他站在门口，拍了拍自己胸口压惊后，立刻拿出手机，刷了刷自己的微博。突然，手指停顿下来，我去……

老大专门注册微博就是为了……看嫂子秀恩爱？！

★★★★★★★★★★★★★★★★★★★★★★★

呼吸，呼吸，深呼吸……

佟年努力找回意识，第一件事就是将手机号码抄下来，迅速关注他的账号，删掉留言。一切都做得一气呵成，可还是被眼尖的粉丝发现了。

路人：我没看错吧？！殿下关注了一个小号！！没有头像的手机账号！！

路人：哪里哪里？

路人：给跪……求互关啊！！

路人：我们鱿鱼大大的品位果然不同凡响！

路人：我也要去注册小号！！！我也要被殿下关注！！！

……

她被留言刷得震惊了，赶紧去他微博上看了一眼，呼，还好，很荒芜，寸草不生，不会被勾搭。嗯嗯。于是两个晚上没睡好的她，就这么翘着尾巴，抱着电话号码滚到床上了。

才不管微博上闹成什么样，她现在满心满眼就这么一件事，其余都是浮云！

床头灯光下，她将手机高高地举起来，看着那串号码……

现在八点，不算晚吧？

深呼吸。

不要怕。

嗯嗯。

按下拨通，然后，轻轻地放在耳边。

怦怦怦……心跳。

嘟，嘟，嘟……等待音。

怦怦怦……心跳。

嘟，嘟，嘟……

突然，电话就被接通了——

然后，没有任何声音……什么声音也没有……

她傻傻地拿着手机，试着"喂？"了一声，还是没声音……

号码抄错了？不会吧？刚才检查了好几遍啊。

……

几秒后，她从床上坐起来，准备挂断电话了，忽然电话那头就传来了他的声音，很迷糊也很……低气压："佟年？"

"嗯，嗯，是我……"她立刻听出来他是在睡觉，"我就是——"

想说什么来着，怎么全忘了，蠢哭了……

"我2月24日去美国，"Gun的声音很低很低低很低……像是随时都会再次进入到沉睡之中，"3月19日回，EK306——"

"哦哦。"她马上将这一串信息记住。

"有事，"他的声音已经不太清晰了，似乎挣扎在梦境的边缘，"回来说。"

她"嗯嗯"两声，想说自己没什么事，岂料电话那边的人已经完全陷入了纯粹的安静。

她又轻轻"喂"了两声，很乖地不再骚扰他，自觉挂断了电话。

然后，呆呆地看了手机足足两分钟。

要去美国啊，还去那么久，是比赛吗？真辛苦，还没过完年呢。

于是，接近半个月的时间。

两个人就没再联系过，佟年每次拿出手机，想要给他打个电话，就想到他要带队员训练，要比赛，要应酬，要……总之，是不能被轻易打扰的。然后再默默地将手机收好。

等元宵节时，她抱着手机，一边看着他的电话号码纠结，一边思考要不要节日打个祝福电话时，妈妈从厨房端出一碗花生芝麻馅儿的元宵递到她手里，试探性地问了句："你和男朋友是不是分手了？""啊？"她愣着，伸手去接碗。

"烫，妈妈给你端过去，"母亲大人可不愿烫到她，看她的表情呆呆的，笑了，"没关系，分就分了，你还小，自由恋爱嘛，妈妈不干涉。"

"没分啊，"她轻声嘀咕，很是不满地跟在母亲大人身后，"他就是忙。"

"哦，忙，"母亲大人笑眯眯，手机聊天记录可很清楚，都快一个月没打电话了呢，"没关系，没关系，"说完就将盛满元宵的碗放下来，顺便摸了摸她的头发，"这样，如果以后你觉得想分手了，怕两家大人多想，就让妈妈帮你去说，好不好？"

……

"我不想分手……"她拿起勺子，戳了戳元宵。

忽然想到，迟早有一天自己要说分手，她便有些情绪低落地继续戳元宵，慢慢地，戳烂了一个。

然后……继续戳下一个……

突然，她的手停住，等等，他特地告诉了自己航班号，是不是意思就是，让我去接机？额，好像不太可能……不过，作为女朋友去接机也没问题吧？

没问题的吧？

想到这里，她再也不苦闷了，乐呵呵地将一碗被自己戳烂的元宵，哗啦哗啦吃下去，然后马上擦干净嘴，扔下勺子，蹦蹦跳跳地奔上楼选衣服。

虽然现在才5号，还有半个月……

半个月之后，她终于选定了自己的出门行头，还难得地穿了有些小跟的鞋，就想能够得上他的一丝丝身高，等坐进出租车里，司机从后视镜看了一眼这个小姑娘，忍不住乐呵呵地问："去机场接男朋友？"这么冷的天气，能穿得这么可爱且不要温度的，只有为了男朋友。

尤其还在下暴雨……

她有些不好意思，"嗯"了声，拿着湿纸巾认认真真擦鞋上的雨水。

司机觉得小姑娘可爱，特地一路快行，却因为堵车，到了机场还是迟到了。司机特地停靠在了最干净的一块地面上，佟年连连道谢，从车上下来，按住自己的小礼帽，飞快地往大门跑。到处都是人，尤其是出口，里三层外三层，根本没有她落脚的地方……

她只能拼命，厚着脸皮不停地往前挤一挤，再挤一挤。

然后，扶住拦截的绳子，站定。

一双眼睛紧张地望着纷纷走出来的旅客。

没有他。

不是他。

还不是他……

人越来越少了，慢慢地，她都有些着急了，可明明显示刚刚降落，应该不会错过啊？等等……那里！他实在太显眼了，刚从磨砂玻璃门走出来就立刻被她看到了，只不过他在和身边两个脖子上挂着相机的陌生男人说话，身后跟着 Grunt，两人都没看到这里，就这么直直地、直直地，从距离她三步远的地方走了过去……

"韩……"她叫出来，忽然又觉得不好意思，慢吞吞地将最后两个字的音量降了下来，"商言……"怎么又没看到我……

在眼神一瞬失神时，有只手在她眼前晃了晃。

"是你啊，"短发美女笑着，问她，"是来等 Gun 的吗？"

"……嗯。"是她啊……

她有些犹豫，不太敢和 Appledog 说话，毕竟 Gun 一直显示出来的都是对她不太友好，导致她也不知道怎么做了。

"Dt，" Appledog 回身，对并肩而出的大男孩说，"你带过去吧，我先走了。"

Dt 也是在 Appledog 先留意后，才注意到佟年挤在人群中，本来还在考虑是不是要打招呼，不过此时既然面前的女人这么说了，自然是要当作任务来完成的："好。"

"再见，"Appledog 拉着箱子，对佟年摆摆手，想了想，又凑过来轻声说了句，"祝你们幸福哦，走了。"

……

"谢谢。"她脸彻底红了。

就这么看着美女和一个十几岁的男孩子并肩而出。

Dt 什么多余的话也没说，指了指机场大门，示意佟年和自己走。佟年马上从人群里挤出来，跟着他，直接走到了机场外，看到 Gun 已经坐在了一辆保姆车里。

一个月没见的人，此时正仰头靠在椅子上休息，或许因为怕被干扰，外衣已经脱了下来，用来盖住自己的脸……二郎腿跷着，要多惬意有多惬意，要多放松有多放松。

"你女朋友来了。"Dt 忽然开口，打破了车内的安静。

他纹丝没动，显然不知道说的是自己。

身后，Grunt 曲起食指，顶了顶眼镜中部，邪恶地笑了笑："哦，嫂子啊。"

Gun 这才动了动胳膊，有些慢地将盖在脸上的衣服扯了下来。因为快睡着了，他实在难以保持什么好脸色、好脾气，模糊的视线里，就看到穿着一身小绿格子套裙的女孩子，抱着自己的黑色呢子大衣，还戴了顶墨绿色的小礼帽……

不冷吗？他活动了下肩膀，又看了一眼那顶帽子，绿帽子……什么审美？

于是，他将跷着的二郎腿放下来，坐直了身子，两只手肘撑在膝盖上，俯视站在车门外的她："有事？"

Grunt 单手捂住额头，废话，还能有什么事？

"没……事，我是来接机的。"她低头。

他果然不高兴了。

Dt 低头看了看佟年露在寒风里的小腿，陷入了沉思。如果不让小姑娘上车，会不会造成她明天感冒，老了走不动路的局面。再说，看起来"她"

很喜欢这个小姑娘……想到这里，他终于难得开口，说了句闲话："先上车吧，等他叫你上车，早冻死了。"

……

她没敢动。

一个司机，加上 Grunt 和 Dt 的三重眼神，让 Gun 终于从困顿中找到了一丝人性。他低头沉默，让自己更加清醒了三秒后，抬了头："上车。"

佟年这才"嗯"了声，乖乖上车。

Gun 从外侧挪到里侧，给她让出了位子，然后在她坐下来后，视线慢慢落下来，落在了那双光着的腿上："不冷？"

"不冷，"她摇头，有些被戳破小心思的窘迫，"真不冷。"

不冷腿怎么冻得发白了？

他想起自己去南极旅行的时候双腿的感受，再次扫了眼她暴露在空气中的纤细雪白的大腿："你那个什么耳朵的长袜呢？"

啊？佟年傻住，有些结巴地反问："你……喜欢我穿那个吗？"

……

噗一声，Grunt 喷了。

这问题……绝了！

……

他懒得再说，摸了摸裤子口袋，掏出三部手机。

——开机。

无数信息提示音蹦出来。

就在这些纷乱的短信提示、邮箱提示的声音里，佟年又小声地补了句："你喜欢的话，我下次再穿。白色的可以吗？"

……

Grunt 的表情已经笑得有些扭曲了，完全没了身为一个美少年应该有的形象。Dt 则是自主自发地往后挪了一个位子，然后，想了想，又摸出耳机，塞住了两只耳朵。

Gun 觉得小姑娘的思维已经不和自己在一个频道上了，碍于车内还有 Grunt 和司机在竖着耳朵听，终于，对着她勾勾手指。

嗯？佟年听话地凑过去。

他的声音滑入耳中："你知道，这种话会让人误会吗？"

"误会？"她没反应过来。

"不懂？"

她摇头，误会什么？那种袜子，基本混漫展的妹子都爱穿啊。有什么好误会的？

Gun 沉默，过了三秒："以后不要和人讨论这个东西，尤其男人。"

"哦。"她点点头。

不能讨论？为什么？还……尤其是男人？

谁会和男人讨论啊……等等！

！！！

她终于懂了，睁大眼睛，不敢置信地看着他。

天啊，不会……

……

于是，本来被她构思好的各种话题，都被这个耳朵袜事件破坏，车从机场开到市中心的一个多小时，她根本不敢再看他一眼，脑子里各种万马奔腾，各种怎么办怎么办……

小姑娘这里怒海滔天地心理活动着，Gun 却显然已经将这件事丢到脑后。他的意识迅速屏蔽了身边这个小姑娘的存在，开始处理最近比较棘手的几件事。等车驶入地下车库了，他才终于想起来，忘记通知司机先把她送回家了。

没办法，只能先上楼，有个越洋电话很紧急，不能耽误。

Dt 倒也是意外，没想到 Gun 能真把她带到俱乐部这里，甚至在车开入车库的那几秒，有了一些猜测，莫非 Gun 对这个小姑娘真动心思了？后来，当几个人到楼上，Gun让人将佟年带到小会议室时，发现自己想多了。

大魔头是有工作电话要打，才不得已而为之。

……

佟年一个人被丢在小会议室，隔着玻璃墙，看着另一边身处于大会议室的Gun，看到他脱下外衣，大冬天就这么穿着一件短袖坐在那里，对着电脑开会。也听不到声音，这么看着，就觉得心里有些暖烘烘的……

真好，等了一个月……

能看到真人真好。

她将双肩包放在桌上，脸侧压在包上，悄悄看着他。

视线里的男人一点都不像是正经开会的样子，右手臂搁在桌上，撑着头，左手在不停地转着黑色手机。

嗯……

要不要……

没关系吧？

反正不会发现……

她悄悄将手机从口袋里拿出来，心虚地打开相机软件。

留个念吧。

手机举到眼前，装着在发短信，却是在调整镜头。

脸再过来点就好了。

手机不要转了，都挡住脸了啊……

咦？脸转过来了？

咔嚓一声，成功抓拍。

真棒！她偷偷笑着，点开照片，还没等仔细看，忽然就跳出了一条微信。

Gn：删掉。

佟年呆住。

嘀的一声，又跳出一条微信。

Gn：听话。

……

他，竟然，知道……这个微信是我的……

他，竟然，没有……拉黑……

隔着一扇玻璃，Gun 从电脑前站了起来，走到玻璃墙这里，敲了敲玻璃。佟年这才猛地回神，手忙脚乱地删掉照片，慢吞吞地蹭过去，满脑子都在想：天啊他竟然猜到是我……那岂不是我一开始发的广告他都收到了？好傻……

他比了个手势，示意她过来。

她仍旧在一脑袋糨糊里纠结，没动。

他再次比了个手势。

她还是一脸"天啊地啊"的表情，没动。

玻璃墙太隔音，说话是听不见的，他又不能离开这个房间。只能随手从白板的凹槽里摸出一支笔，在玻璃上写了两个字：过来。

然后将笔丢在桌子上，坐回原位，按下电话的静音。

一分钟后，门被轻轻推开。

佟年低着头，走进来。

整个房间里，都是电话传出来的声音："北美这里的 RAP 简直一夜暴富，连买了三个顶级选手，去年的冠军队和亚军队的中单都被他们挖过去了……"那个人滔滔不绝，说着公事，"美服积分前十，被他们买走了六个，简直令人发指啊，纯粹暴发户行径！还有，中国台湾……"

Gun 在这个背景音里，对她伸出手，简单明了地说了两个字："手机。"

她乖乖递过去："……删了。"

他刚接过，还没等查看相册，就看到蹦出来一条微信。

看到有"Gun 神"两个字，顺手点开。

蓝莓：殿下，殿下，我实在按捺不住了，你和 Gun 神见面没有？他喜欢你今天的搭配吗？大长腿啊大长腿，他有没有流！鼻！血！

……

Gun 一脸的似笑非笑，看了眼她的短裙下光着的腿，一言不发。

佟年忐忑地站得笔直。

谁的微信啊？千万别发什么奇怪的东西啊……

紧接着，又是一条。

蓝莓：啊对，啊对，我刚才吃饭的时候想起来！你那身套裙不显胸啊！无法显示出你玲珑的曲线美啊！我们殿下明显就是萝莉颜的大胸妹子！！！怎么可以不显示出优势呢！！！

……

Gun 噗地笑了，将手机放在了桌上。

佟年更忐忑了。

可他偏就不说话。

在短暂的安静里，只有电话里那个话痨继续抱怨着："老大，要不要我们也买几个队员回来？开什么玩笑？我们 K&K 才是真正的豪门好吗？！"电话里的人似乎发觉，Gun 已经很久没有出声了，"老大？老大？老大？欸？老大掉线了？怎么没声了？老大？"

显然，这一声声呼唤被无视了。

他黑漆漆的眼睛扫向她："经常和朋友提起我们的事？"

她心虚着："不是很经常，偶尔，会说一些，就一点点。"

"哦？都说什么？"

"就是……会让他们给我讲，你过去做职业选手的事。"

"哦？是吗？"他的尾音微微扬起。

"嗯。"心虚。

"就这些？"

"嗯。"继续心虚。

电话那头的人已经连着叫了十几声"老大"。

他终于取消免提："你是 host，先去拨会议电话，主持会议。"

"哦，哦，我都忘了。"

Gun 说完，挂断这个连线。打开电脑上的邮件，记住那一长串免费长途电话号码，拨通，直接切入了英文电话会议模式："Hello everyone, this is Gn."

"Hi, Gn！"有女人的声音，听上去很开心。

眼角的余光里，他看到佟年的眼睛不停地瞄着桌上的手机，却不敢动一动的样子，联想她刚才蹩脚的谎话，禁不住，扬起嘴角。

他将手机推了过去，饶有兴致地看她，等待她接下来的反应。

佟年没察觉自己在被观赏，松口气，开心地拿回手机。

还好，还好。

嗯？

蓝莓？

微信是她发的？

什么事？

……

！！！

Gun 很满意自己所看到的，继续去回应电话里纷纷和自己打招呼的人，难得有些好心情地和人聊起了飞机刚刚落地时，那该死的暴雨天气。

第十二章

小软件达人

电话会议结束。

Gun 因为长途飞行旅程，有些腰酸背疼，没有胃口吃饭，可看了看身边已经窝着坐了十分钟的女孩，还是，暂时放弃回房睡觉的计划，按了内线："有人吗？"

"老大，"助理立刻兴奋叫起来，"你开完会啦？"

"让97他们过来，给我叫两套盒饭。"

"没问题！"

三分钟后，众队员抱着各自吃到一半的饭，鱼贯而入。

在看到佟年时，纷纷眼睛一亮，一副"嫂子又见面了"的兴奋表情。随后马上看到了玻璃上"过来"两个字，又纷纷地对视着，悄无声息地交流着眼神。

这……老大的新情趣吗……

怎么想象不出他们是怎么玩的？

……

Gun 坐在会议桌最尽头的单独座椅上，佟年就坐在靠窗一侧的最尽头，挨着他。等到十七八个大男孩都坐好，桌上已经被堆满了各种盒饭、麦当劳、肯德基、麻辣烫……

有两个男助理搬来一整箱的饮料，摆在桌上。

气氛顿时热烈起来。

这可是老大第一次带嫂子，和大家在俱乐部吃饭，和上次在比赛途中的餐厅相遇绝对不同，这里是 K&K，老巢啊。

Gun 看着众人一副贼兮兮的眼神，皮笑肉不笑地从口袋里摸出了一把水果糖。

放在了桌上。

顿时，没了任何声响。

佟年仍旧死死攥着手机，脑子里不断飞着"大长腿""流鼻血""萝莉颜大胸"这些字眼，手指都攥得发白了……

真的从来没这么丢人过……

还是在他面前……

面前的玻璃桌面上，有人用手机敲了敲，唤醒了她。

佟年抬头，看到 Gun 从那堆糖里找到了绿色的，曲指弹向自己。水果糖滑过桌面，悄悄地，慢慢地停在了她的面前。

Gun 挑挑眉，示意她吃糖。

"嗯……"佟年慢慢放下手机，乖乖拿起糖，剥开，吃到嘴巴里。

众人目瞪口呆，被这个画面深深震惊了……

这，这，这，老大这是……在哄嫂子？！

Gun 察觉了众人不太收敛的围观，视线从所有人的身上扫过去，最后，停在了 Demo 身上："我记得走之前你测反应，是倒数第三？"

"那个……"Demo 觉得自己的好日子彻底到头了，"老大，其实我这一个月有练反应的……"

不是还有倒数第二和第一吗？干啥一定要抽我来教训啊？

"是吗？"Gun 自己也挑了块紫色的，慢悠悠地剥开，放到齿间咬住。

"真的！老大！我现在用那个软件测反应，201！"

众人窘，遗憾地看 Demo。

还敢报数，队长测出来可是106。

"哦？我怎么记得 Dt 是106？"Gun 果然拎出 Dt 的成绩。

"……"Demo 以头撞桌，"老大我错了……"

Gun 也没急着说什么，咬碎糖，吃得津津有味。

众人各自握着筷子、吸管、勺子、叉子，安静地等着，等着接下来还有谁倒霉，会被特地点名……

忽然，在离大魔头最近的地方，乖乖举起一只手。

"我能问个问题吗？"佟年小声说。

Gun 视线偏移，看她："说。"

众人泪目。

嫂子就是亲嫂子，瞬间解围……

"什么是测反应软件？"

Gun 觉得解释起来太麻烦，随便在一圈人里找到一个："97，解释。"

"哦，哦，"97正了正自己的眼镜，"其实就是我们用来测反应速度，这个软件特别简单，随便用来玩的，嫂子。就是打开软件，听到耳麦里有嘀的一声，立刻按下鼠标，测试反应速度。""哦……"佟年想了想，"那106是毫秒吗？"

"没错，就是毫秒。"

1秒 =1000毫秒。

201不低啊……她惊讶于这个速度。

再想到 Dt 的速度，更觉得不可思议。

"那为什么要听到声音呢？不能换种方式吗？你们打游戏又不是根据声音来操作的。"她新年看过好多比赛视频，知道这种比赛，有一点很重要——就是眼和手的反应速度。

当然知道归知道……操作起来还是个渣……

"啊……"97讪笑，"是啊，所以就是平时用来玩玩，也不知道是谁上传到网站上，大家共享来互相折磨、攀比的小软件。"

顺便，被大魔头用来折磨大家……

"那……可以做一款软件，只挑战眼和手的反应。比如，软件一开始，整个页面都是绿色，然后渐变到蓝色——"她构想着，"规则是，在颜色开始变化的一瞬间点击鼠标，是不是更直接？"

众人惊呆。

我去……

嫂子你……是要……干啥……

给老大做工具折磨我们吗？！听上去好变态啊！！！

Gun 的注意力倒是被吸引了。

"已经存在了，"坐在角落里的 Dt 忽然说，"韩国人经常用，很小的软件。"

"哦？有吗？"Gun 反问，"你怎么没拿出来过？"

拿出来干什么？折磨大家吗？ Dt 不答，平静地垂下眼，继续吃汉堡。

"这样啊，"佟年继续思考，"那我们可以做一个加强版。比如，一百个颜色变化？因为一个颜色变化时间太短了，测不出什么的。"

Gun 倒是觉得有意思："一百个？不停挑战神经吗？"

"紧盯着电脑屏幕，颜色变化一次，就要快速点击鼠标，记录时间，一百次的数据记录取平均值，是不是更好玩？"佟年不知道他感不感兴趣。

"不错，"Gun 用手指轻轻点着自己的太阳穴，越想越有趣，"可以试试。"

"你喜欢吗？"她立刻开心，"那，我晚上就回去给你做，明天就好！"

……

不要啊！！！嫂子！！！

众人已经能想象到，未来每当 Gun 想折磨人的时候，自己这帮单身狗就要对着那个凶残小软件，瞪着眼，不停地，胆战心惊地，点鼠标。

然后被各种体罚，体罚，体罚……

"啊，对，"她轻声问，"你需要排行榜吗？可以每天联网刷新，看起来很方便。"

Gun "哦？"了一声，越发觉得不错。他从椅子上站起来，慢悠悠地走到佟年身边，弯腰，将手肘搭在她的右肩上："真聪明。"

他……在夸我吗？

肩膀上的温度……瞬间灼烧了她的所有思维。

整个人的注意力都凝聚在那一点上，他的手肘和自己肩膀相连的地方。

怦怦怦……

好近……

怦怦怦……

离得好近……

他眼睫毛好长……好好看……

"还有吗？"他压低声音，诱导她，"嗯？"

"……"她脸红红的，眼睛不由自主地垂下来，不停地扯着自己手里的糖纸，"只要……有想法，就能做各种版本，变一些花样，大家……也不会玩腻……"

嫂子！！！

……

我们不是玩！是被玩啊！！！

众人齐刷刷地看 Dt，队长！！我们不活了！！！

于是众人这顿饭吃得像是鸿门宴。

完全没了一开始听到小嫂子来了的那种鸡血表现……Gun 得到了自己想要的答案，很满意地直起身子，看了看众人：“不想吃了？”他抬腕看表，“十分钟后晚间训练，不想吃提前去准备准备。”

快吃！

以后再说以后，活过今晚才是真！

于是，等 Gun 叫的外卖送过来时，房间里只剩了他和佟年两个人。

有个老阿姨进来，收拾着摊了一桌子的饭盒和饮料瓶，走过佟年身边时，还有些好奇地看了她一眼，然后友善地笑着点头。这可是这里唯一出现过的小姑娘啊……真稀罕……

佟年回视，不好意思地笑了笑，还以为人家嫌弃自己吃得慢……

盒饭是简单的商务套餐，一荤一素，上边再铺两颗青菜点缀，就完事了。佟年扒拉着吃的时候，眼睛不住地瞄着Gun。

他吃饭特别快，不像平时身边的男生会一边吃饭一边闲聊。

而且好像他并不在乎吃的菜是什么、合不合胃口，给人的感觉就是，吃饭这件事对他来说仅仅是为了填饱肚子的必须程序，迅速搞定，赶紧去做正事。

这么一比较，那晚年夜饭时，他的那种表现已经不错了。

还会顾及众位长辈的吃饭速度，偶尔吃两口，停下来。

"不好吃？"Gun放下筷子，发现她还没吃两口。

"没，"她摇头，不敢说自己吃饭一直磨叽，只能放下筷子，配合他，"我不饿。"

"不饿？"他抬腕看表，现在已经是七点了。

"……没，不是，真不是，我来之前吃了好多蛋糕，就不饿了。"她开始胡言乱语。

他倒也没多问。

从椅子上拿起自己的外衣，示意她和自己离开会议室。

她忙拿起背包，跟着他，就这么从会议室走出来，走过一个半敞开的电脑房。刚才和她招呼着、开玩笑的大男孩们此时都戴上了黑色耳麦，左手键盘，右手鼠标，全神贯注地看着面前的电脑。

"刷起来刷起来。"

"符王，谁玩符王？"

"我玩我玩。"

"你走中还是打辅助啊？"

……

"刷啊！我这儿怒刷，保我一会儿就可以去冲塔了。"

"对面还没选人啊。"

"天啊，2700的蝙蝠怎么打？"

"天啊，对面阵容好厉害。"

"我怒刷30分钟一波带他们走了。"

……

完全听不懂。

感觉所有人都不再关注游戏之外的世界了。

当然，除了Dt那组，那组还在围着一个白色圆桌开会，那组是K&K精英中的精英，马上就要进入《密室风暴》15年的中国区预选赛。今晚队长刚刚从美国飞回归队，正在进行战前会……

她好奇多看了几眼，有种忽然踏入另一个次元的奇异感觉。

Gun感觉到她的脚步停下来，看了她一眼，看到那双亮晶晶的眼睛里都是好奇，跟个小孩似的，忽然觉得有种看到家里那几个小妹妹的感觉。

他伸手，将她的脑袋扭回来："走了。"

"啊？"她脱口而出，"这么早？"

说完，又觉得不好意思，喃喃着解释了一句："我们……可以继续讨论软件的事……"随便做什么都可以，只要多待会儿，我都一个月没见你了……

Dt那桌开会的队员全都心不在焉地竖着耳朵，想要听这里的对话。

Gun瞥了那里一眼，几个男孩立刻正襟危坐，装着没听到。

从小到大，他就是一个不太喜欢女孩子围绕的人，但显然，他的过去所有成绩决定了他的被追求、被绯闻经历非常丰富。那些姑娘各有各的优势，也各有各的技巧，而眼前的这小孩显然任何技巧都没有……

他分明就看到她脸上的期待。

就是期待……在这里能多留一会儿。

"想待多久？"他终于松口。

"一个小时吧？"她马上开心起来，"八点，八点还不晚，我到家才八点半。"

"可以，不过我没时间陪你。"他说。

"没关系。"她答。

只要在你身边待着就行，她想。

Gun 思索了几秒。

把她放在办公区显然不行，只能被那些队员轮番参观，还是直接去公寓区省事，那里在十点前都不会有人。

他如此想着，算是默认了，带着她直接走出了办公区。

佟年美滋滋地跟在后边，继续东张西望，不停地看着属于他的这个俱乐部。训练区过去是两个会议室、几个办公室，还有很大的休闲娱乐区，然后是荣誉室。

玻璃门内能看到各种奖牌和奖杯。

那些在百度百科上用来形容他的话，都真实地展现在眼前，光这么看着，就莫名激动。

她不知不觉，就跟着走入了这幢大厦的另一面。

很长的走廊，像是从办公区走入了公寓区。她悄悄看着两侧的门，直到面前的男人停步到了左手边倒数第二间房门口。

他拿出门卡，刷开，推门，一气呵成。

"这是客房，"他简单介绍，"有三台电脑，没密码，随便用。一个小时后，我过来找你。"

啊？

佟年呆住，看着面前黑漆漆的房间："我能……和你一起吗？"

我不想……玩电脑啊……

"我不打扰你，"她继续补充，"真的。你随便干什么都行，我可以在你身边玩手机的，不用电脑。"她说完，有些委屈地抬头，看着背对着走廊灯光，正看着自己的男人。

"和我一起？"

Gun 有些好笑地低声和她确认："你是说……想去我的房间？"

第十三章

礼物

佟年愣住。

去他房间？

他的……房间？

"我的计划是用十分钟洗个澡，顺便睡五十分钟，"他语气轻松，"还要去吗？"

洗澡？！

睡觉？？！

她慌忙摇头："不去了。"

"真不去了？"

"嗯，嗯，我自己……在这里玩电脑，等你……"

说完，马上走进屋里，伸手去摸电灯开关，胡乱在墙壁摸了好几圈都没找到，一只手伸进来，在她头顶处，啪嗒一声打开了开关。

她仰头。

连……开关也要装得这么高吗……

替她开灯的人离开。

她听见刷卡、开门、关门的一系列声音，抱着自己的书包，站在空空的客房，忽然从心底飘啊飘的，飘上来了一丝后悔的情绪……

于是，她真的就独自一个人在这个装修风格硬朗的客房里，对着三台电脑足足待了一个小时。差不多，在电脑屏幕下的时钟跳到八点十分，门被推开，换了一身运动服的男人满脸都是"我没睡醒，不太爽"的神态，慢悠悠地溜达了进来。

佟年原本用手撑着下巴，看到他进来，立刻高兴地站起来："我做好了！"

男人眼勉强聚焦，疑惑着、居高临下地看她。

"不过不是一百个，先做了十个颜色叠加，你来试试效果！"

"哦？这么快？"他倒是意外了，懒洋洋地拉开椅子，坐了下来。佟年马上给他点开自己刚才做好的小软件，献宝一样地给他解释："刚才我去看了下小白说的那个韩国小软件，大概就按照那个样子……"

他点开，没有操作，只是看了眼，就觉得很有趣。

小窗口上先跳出了一个排行榜，只有一个成绩：鱿小鱼，1009。

1.009秒？

还真是他见过的最差成绩。

"你……喜欢吗？"佟年有些忐忑，小声问。

她没注意，自己的试玩成绩正在被他审评，只紧张地盯着他，想要判断出他是不是会喜欢这个小软件。

喜欢吗？

这种问法，还真是独特。Gun看了她一眼，好像除了家里那个搞不定的母亲，还没人问过自己这个问题。

他嘴角微微扬起。

点击鼠标，取消排行榜，重新开始。

颜色迅速变幻，从蓝到绿、到黄、到红……只有鼠标轻点的声响。

十次取值，平均成绩：102。

……

佟年目瞪口呆地看着这个成绩，0.102秒……这是什么速度……

Gun没留意身边人的目光，再次打开，又试了一次，这次是101。接下去几次，就始终维持在了这个水平。他漂亮的脸上闪过一丝愉悦，站起身，走到小冰箱里拿出了两瓶冰镇啤酒，启开，喝了口。

然后看她一直没喝水的样子，随口问："口渴吗？"

酒？

佟年愣了。从来没喝过……

不会……怎么样吧？

她低头，默默给自己打气三秒，抬起头："喝吧……"说完，就走过去，两只手捧起另外一瓶被 Gun 打开的啤酒，喝了一大口。

好苦……

Gun 意外，倒也没拦着。

他本意是让她喝冰箱里的橙汁或者矿泉水，不过看小孩这么爽快，倒也不用多废话了。反正平时这里也是啤酒多，大家都习惯用这个润喉消遣。

几度的啤酒而已。他如此想着，几口喝完，随手将啤酒瓶放在窗台上。

佟年看他两三口喝完，怕他嫌弃自己没用，一鼓作气，一口连着一口，真就这么直接灌完了。有些……热。

她将瓶子特地放在了他的空瓶子边，摆好，摆成一对。

然后，傻笑了声。

呼呼，好热，好热，她拼命用手给自己扇风。

怎么这么热？

她无措地看四周，再去看他……

"热？"Gun 察觉她的异常，走到墙壁旁，调节空调控制板。

从24摄氏度降到20摄氏度。

差不多了。他放下手，身后，突然有一双小手绕过来，抱住他的后腰……他背脊僵住，慢慢回头，看到两边脸颊都已经通红的小女孩，在直勾勾地看着自己……

醉了？

"你……喜欢吗？"她轻声问，将脸贴在他的后背，"喜欢吗？我做的东西？"

真醉了？

他用最快的速度，拉开她的手，转身："你说什么？"

"我做了一个小时，你都不说句喜欢吗？"她发现他在推开自己，有些委屈，"这么大雨，我去机场接你……你就让我一个人待在客房……做了软件，你也不说喜欢……"

真醉了……

他断定。

如果面前是 K&K 队员，早被他拎起衣领扔出去了，还等什么发酒疯？可如果是个姑娘，还是个不知道自己在做什么的小姑娘……

他承认，自己没经验。

一念间，佟年再次伸出手臂，抱过来……

Gun 哭笑不得，将她两手攥住。

掌心里，柔软的、温热的，还有纠缠的、爱恋的，她所传达出的，从身体到思想上的依恋……一刹那，竟让他有了男人的邪念。

……

Gun 轻呼口气。冷静。

呼吸，正常。

心跳，也很正常。

很好，就是个小女孩，动这种念头可就龌龊了。

"真不……喜欢吗？"佟年感觉到他掌心灼热的温度，意识越来越模糊，"我第一次这么用功，你就不能说喜欢吗？"

"……喜欢。"他再次，长出口气。

"真的？"她目光闪烁。

"真的。"他配合。

随便应付一下醉酒的人不难。

难的是接下来的事——要如何把她安全送回家，且能在她家大人那里全身而退……

Gun 只用几秒的时间，就能想象随之而来的后果。他在思考这件事的严重程度和解决方法，而身前的小姑娘却丝毫不觉。

只因为他的"喜欢"，马上就萌萌地、乐呵呵地傻笑起来。

笑着笑着，就忍不住想要钻到他怀里……

Gun 深吸气，强行抵抗。

那双小手就在自己掌心里，扭来动去，想要挣脱，想要做一些更加惊世骇俗的事……靠近他，靠近他，抱住，闻闻他的味道，抱住他的腰……

他要抓狂了。

最好的方法，就是找个安全的女人，先看住她再说，不管是谁，反正不能和她单独待在这儿。他如此想着，松开她的手，还没等自己抽身，就被她再次扑上来，如愿以偿地抱住了腰。

他真抓狂了。

尤其小姑娘还用脸去蹭他的胸口。

衣服都快要被她扯开了……

最关键的是为了图省事，他根本就没在运动服里穿多余的衣服……

不，是已经扯开了……

他努力让自己不去碰她分毫，两只手臂抬高，避开她小且柔软的身体，还有贴上来的所有女孩子所特有的弧度……

最让人郁闷的是，门外出现了脚步声、笑声，一步步都在逼近。

越来越近。

越来越近……

"佟年，"他当机立断，"我告诉你个秘密……"

必须尽快解决，尤其不能再让她拼命往自己怀里钻……

她甜甜地"嗯"了声，继续抱着，深深呼吸。

刚洗过澡的味道，很干净、很清透，也很男人，其实他一点都不老啊，刚才测试软件的时候太帅了……

……

他彻底绝望了。

房内的短暂安静，清晰衬托出了门口97和 Grunt 的闲聊，还有紧接而来的敲门声。他不能再任由她这么抱着自己，终于再次扯开她，将高大的身躯弯下来，平视她：“我给你带了礼物，从美国。”

为了让她相信，他凑近，在她脸颊边刻意地压低声音，有些沙哑撩人：“你一定喜欢。”

她愣愣地看着他，看着看着，就觉得再也不敢看了……

天旋地转……

视线里，都是那运动服领口下展露出来的……

颈窝……

锁骨……

前胸……

腹肌……

还有腹肌下的，没系好的腰带……

敲门声。

依旧是敲门声。

Gun 继续压低声音："带你去看礼物？"

"嗯……"她浑身火烧火燎的，也不知道是不是太害羞了，手就紧紧揪着他的运动服，一动都不敢动。

除了抱抱……还要……做别的吗……

再次天旋地转。

Gun 已经一把拎起她，往肩上一扛，直接从裤子口袋里拿出两张门卡，迅速辨认后，走到上锁的偏门，刷开，走入，反手关门。

瞬间，走入了黑暗。

没有任何光线，是他的房间。

肩膀上的小孩从他的肩上滑下来，迅速像个八爪鱼一样地抱住了他的腰。

Gun 轻呼出一口气，感觉她的头发滑进自己的衣服里……嗓子有点干，幸好这只小八爪鱼暂时没有蹭来蹭去，碰一些不该碰的地方。

隔壁已经有人走了进去。

客房有监听器，他刚才睡觉时特地打开，以防小姑娘一个人在那间房有什么事情找不到自己……此时恰好没关，隔壁说什么，这里听得一清二楚。

"老大呢？不是打电话叫我们来思想汇报吗？"97奇怪的声音。

"谁知道，大战三百回合呗？"Grunt意有所指。

97噗的一声，喷了："也对，一个月没见了。"

"如狼似虎的年纪啊，快三十岁的老男人。"

……

空荡荡的房间，就来回都是两个大男孩的调侃，他实在听不下去了，伸手，在墙壁上摸到监听开关——

就在手指碰到开关的一瞬，感觉到有温热的什么东西，擦过了自己的锁骨……

"礼物礼物。"她的声音在撒娇，就在锁骨的位置。

那么……

那贴近自己皮肤的……

"我给你拿礼物，"他的声音有些烦躁，"你先松手。"

小孩没什么动静，用脸蹭了蹭他的皮肤，表示拒绝。

"松手。"他竟然很敏感地察觉到她身上的味道，是那种和水果糖一样的味道，甜得发腻。

他闭上眼睛，烦躁地想要把身上黏人的小孩扔出去，却又下不去手。

"佟年，"他的头低下来，已经有了些明显的动摇……"听话，松手。"

黑暗中，想要将腰上那两只小手臂拉开，却感觉锁骨上的温热滑到了胸前……

他手臂微微一僵。

"礼物礼物。"她迷糊着，继续嘟囔。

他感觉闷闷地，心跳动着，越来越慢。

他终于在很长时间的沉默后，将头低下来，靠向她的脸。

"吃豆腐吃得开心吗？"他的声音钝钝的，沉沉的……

她将脸埋在他胸前，心头火烧火燎的。

只是抱紧，再抱紧。

“想要……”他声音变得更低，几乎耳语，“什么礼物？”

“想要……”她迷糊地想，不是你要送我礼物吗？

“嗯？要什么？”

“要……”

要……

……那小脸就这么贴上来。

滚烫的，是她的脸，还有软软的唇，从他的耳根，怯怯地，温柔地擦过。没有经验，再加上醉酒，她竟然迷糊着，有些找不到自己想要找的地方。

他察觉到了她的急躁，将脸偏过去，去迎合这个急躁的小女孩。

……

他猛地惊醒，将头一偏，狠狠撞向墙壁。

沉闷的一声钝响后，终于有些清醒。下一秒，他就直接将小姑娘抱起来，丢到床上。快速拉好自己的运动衣拉链，背对着她，系好腰带。

然后大步走向自己的行李袋，拿出里边一个黑色木盒，转过身，也扔到了床上。

佟年被扔得满脑袋金星，晕晕乎乎地被木盒砸到肚子上。

佟年坐在床上，抱起盒子看了三秒，失望地噘了噘嘴，扑通栽倒在他的双人床上，彻底昏睡了……

于是，第二天当她醒过来，穿着家常的维尼熊睡衣，从自己的床上坐起来的时候，甚至有了一瞬的幻觉，做梦了？怎么……那么色情的梦。

捂脸捂脸……

太不好意思了……

为什么霸王硬上弓的是我……

她捂着脸，面红耳赤了十分钟，从床上滚下去穿鞋的时候，才发现桌子上放了个黑色的木盒！！！

天啊！！！

昨晚不会是真的吧？！

她惊慌失措地环绕一周。

左侧，沙发上还扔着昨天去机场的衣服和包；右侧，手机上压着一张字条：

"亲亲，睡醒了一定要给我电话！！蓝莓"

她扯掉字条，拿起手机，抖着手指，按了好几下才调出通讯录，发现昨晚最后一个电话就是自己打给蓝莓的？？拨通。

三秒后，电话被接起来，还没等她发声，对方就已经亢奋得要昏过去了："天啊，我就知道你要一觉睡到下午！！我和你说，我老公都疯了，昨晚他见到他男神了，还握手合照了啊啊啊啊，都是托你的福！！！他让我一定转告你，要好好对他的偶像，绝对不能花心劈腿！！"

……

"和你说，你千万对好口供，就说是不小心和我们一起喝多的！！我和我老公一起把你送回家的，知道了吗？！顺便，殿下你也太丢人了，竟然330毫升就醉得昏过去！顺便……昏过去之前，有没有做什么？"蓝莓声音忽然低下来，带着几分笑，"老实交代。"

……

她一语未发。

呆呆地挂断电话。

完了。

真的……

对他动手动脚了吗……

不只强抱……还亲他的脸了……

她猛地扑倒在床上，整个人都坠入了深谷。记得太清楚了，不是说喝醉了会意识模糊吗？连自己最后被他嫌弃地扔到床上都记得……还有扔过来的礼物盒，还有摔门而出。天啊……我怎么会这样啊……

佟年紧紧攥着被子，委屈地不停流眼泪。

都是你，要逞能，要喝酒。

什么脸都丢没了……

再没可能了……

他肯定恨死你了！

越想越委屈，就这么趴在床上哭了足足二十分钟，才抽泣着，摸到自己的手机，肿着眼睛找到他的电话号码……犹豫了很久，也不敢按拨打，只能又找到微信，打开那个叫 Gn 名字的窗口，慢慢地，打入了一行字：昨天对不起，真的对不起，我不会再缠着你了……

发送。

十几秒后，仍旧是安静。

她咬着嘴唇，又加一行字：我们分手吧，对不起，真的对不起。

仍旧是安静。

没有任何回应。

她扔掉手机，跑到厕所，打开热水洗脸。

越想越哭，越哭越觉得自己真是丢人，等从洗手间出来，手机微信上终于有了一条回复。

Gn：想好了？

难道还继续缠着吗……

昨晚都……还那么被嫌弃地扔到床上了。

她红着眼，强迫自己不要再抱什么希望了。

To Gn：嗯。

Gn：OK.

第十四章

从头开始

Gun 躺靠在椅子上，腿搭着办公桌边沿，沉着脸，一页页去翻思想汇报……几十个人足足塞满了一整个办公室，或站或蹲，或靠着墙，都在等着老大吩咐。

哗啦一声，一沓纸被扔到桌上："明天一早，飞广州。"

……

万岁！

躲过一劫的众人半秒都没耽搁，马上都跳起来，挤着想要先走出这间办公室。

先钻出去的97，一把拉住 Grunt 的胳膊："欸？欸？老大头上有伤欸。"

Grunt 邪恶地笑笑："昨晚不是听到了吗？太卖力，撞的呗。"

众人……

唯独 Demo 没懂，拉扯 Dt 的手臂："啥，队长？老大撞哪儿了？"

Dt 的眼睛安静地看了他一眼，如实回答："撞墙。"

"撞墙？！"Demo 莫名觉得额头疼，摸了摸自己的，"图什么啊？"

"图爽呗。"Grunt 笑了声，快步闪……

屋内的男人一把抓起桌子上的文件夹，嗖的一声丢了出去。

过了几秒，

Dt 拿着文件夹，慢吞吞地走进来，把文件夹扔在了沙发上："刚才忘了说，你昨天没接电话，阿姨打给我了。她让你把给她拍的那个古董项链给爷爷带回去，钱下个月打你账上。"

……

Gun 一声没吭，手背向外，挥了挥。

Dt 转身走人。

★★★★★★★★★★★★★★★★★★★★★★★★★★★★★★★★★★★

又失恋了……

佟年肿着眼睛，从楼上走下来的时候，被母亲大人神秘兮兮地拉过去："年年？"

"嗯？"她可怜兮兮抬头。

"你怎么刚才在哭？分手了？"母亲大人合理推测。

"嗯……分手了。"她嘀咕着，鼻子一酸，两颗泪珠就滴下来。

一个暖暖的拥抱，把她护在怀里。佟年被亲情这么一刺激，又陷入了极度伤心状态，没注意喜形于色的母亲大人对刚巧经过看到这一幕的父亲大人眨了眨眼，扬眉：看，我说对了吧？真分手了。

父母交换神色，如释重负。

这一周是开学周。

她收拾好东西返校，在办公楼一个小时搞定开学手续，走出来，正碰到学院里负责 ACM 比赛的老师，看到她马上招招手："昨晚打你几个电话，都是电话关机，还怕你忘了今天的考试。"考试？她茫然。

啊！

忘记了！

是 ACM 校队招考。

这个比赛，每年学校都要出一组去，一组三个人配合比赛。虽说是世界大学生编程比赛，但也不一定都是计算机专业，比如她自己就不是，也不一定是电院，比如她上届比赛的队友就有一个是船舶学院的。

所以，校队都是出题后，统一进行招考，不限专业。

而带队老师和所有参与过比赛的主力队员，就成了招考的主考官。

竟然……忘了……

她就这么拿着刚才签注的学生证，跟着老师，进了第一教学楼的阶梯教室。考试已经开始了，大多都是大一、大二的学生，对着一张卷子上的三道题，基本都一个表情——

一筹莫展。

于是有些考不出来的男孩子就趴在桌上，一边玩着笔，一边看看去年和前年参赛的前辈们。然后慢慢地，众考生的注意力都汇聚到了唯一的那个女孩子——佟年的身上，尤其这位学姐还是一副刚刚彻夜哭完，特别失落的样子。

她撑着下巴，坐在讲台后，眼睛看着下边的学生……

满脑子却还是昨晚，还是早上和他的对话。

"佟年，"身边有声音，轻声叫她，"能出来一下吗？"

她回头，是队长郑辉："队长？有事？"

大男孩看看她肿着的眼睛，微微蹙眉，点头："嗯，有事。"

她"哦"了声，从椅子上起来，跟着走出去。郑辉走到教室外，两手插着裤子口袋，低头看她："你……寒假都做什么了？"

"啊？寒假？"她愣了愣，能做什么呢？都在等他从美国回来，"就是吃吃喝喝吧。"

"那天……我经过你家小区，"大男孩的黑色框架眼镜下，那双眼睛直直地看着她，"本来想去看你……"

"啊？哪天？"她问。

对面的人清了清嗓咙："应该是2月14日……或者15日那天。"

"哦，"她认真回忆了下，"春节前吗？还好你没找我，那时候我在外地，参加漫展。"和他在一起……那时候还是和他在一起的……

她眼神飘啊飘的，眼圈忍不住又红了。

面前的男孩真愣住了，想说的话都咽了回去，可想想又不甘心。马上就要毕业了……等到真正离开学校，能和她交流的借口更加少，要把握机会！

她站在教学楼门口，看着来来去去骑着自行车、步行的学生，还有偶尔会驶过的汽车，也不说话。面前这位带队拿过 ACM 大赛季军队的队长，全校计算机系学子的偶像，就这么站在她面前，组织不出真正想要说的话。

他现在在干什么呢？

会不会……又被迫去和谁相亲了？

想到这儿，她眼圈更红了。

鼻头酸酸的，低头，用手指强行按了按鼻子，不许哭啊，佟年。

模糊的视线里，红色的地面都变得有些晃动了，她只能低着头，从包里拼命往外翻纸巾。哪里去了，快出现，快出现……

有双黑色板鞋在靠近，靠近……直到停在她的面前。

她不自觉抬头。

这一刹那，好像整个天都亮了。

就如此，蓦然撞入那双微微睐着的，很不愉快、很不爽、很不耐烦且很……的漂亮眼睛里。尤其在看到她眼泪后，他更显有些烦躁，扫了眼站在她身边，背着手，似乎还攒着什么东西的大男孩，再看回她："哭什么？"

……

做梦吗？

她懵懂地说："没……哭什么……"

他越发不爽，摘下一侧耳机，看了眼比自己矮了半头的男孩："你欺负她了？"

"没，"大男孩打了个磕巴，这谁啊？不会是她亲戚吧？哥哥？还是……大男孩满脑袋问号后，有些慌乱，"您误会了——"

淡漠的一眼，太犀利。

男孩险些咬到舌头："我是，是她同学，和她一起参加编程比赛的。"

他凭着身高优势，看清楚小男孩手里拿着的是小小的礼品盒，突然，弯了嘴角："哦？ACM？"不就是Dt说过的那个什么编程比赛吗？

"对对，ACM。"男孩立刻来了自信，想要正式自我介绍。

"是和那小子一起比的吗？"Gun下巴轻抬，指向教学楼门口停着的那辆车旁站着的人。不远处的台阶下，Dt正百无聊赖地站着，供来往的少女们偷看……

……

"那是，前年的，世界冠军吗？"

大男孩不敢相信自己的眼睛，那届的冠军队长的确是个华人模样，和两个金发的男孩一起。可全程说的是英文，还是挪威籍啊……

冠军？ Gun 头次觉得小白也挺争气。

"输给他了？没关系，"他似笑非笑地重重拍了拍男孩的肩，"小孩子嘛，要输得起。"

后者呆若木鸡，被他拍得如同风中树叶，凌乱了。

他再也没理会这种闲杂人，弯腰，对面前仍旧傻看着自己的小女孩问："还有课吗？"

"没……了。"她愣愣地摇头。

有什么在扑通扑通地拼命跳着，在她的胸腔里。

"没课就和我们出去玩，"他说着，将两只手插进裤子口袋，懒洋洋地往教学楼外走，"九点之前回来。"他就这么逆行着，从纷纷走入教学楼准备上课的学生身边擦着走过去。

那么高的个子，那么显眼。

佟年原地愣着，直到他停住，回看自己。

她马上醒过来，慢吞吞地，慢吞吞地，红着脸跟了上去。

结果在路上，他倒没有了在学校的那种态度，始终安静地开着车。

佟年坐在副驾驶位上，频频瞄他。

这是……要去哪儿啊？

可是后座的那位小白同学更安静，简直像个低气压特设装置，搞得她什么都不敢问。而且……小白竟然是曾经的 ACM 冠军？自己竟然……完全没印象……

我天天都在干啥啊。

车驶入加油站之前，Dt 手机振动："我有电话，把我放在路边就行。"他举了举自己的手机，先下车。车停着，排队。

佟年这才偷偷看了他额头一眼。

Gun 察觉："干什么？"

"你这里，"她指了指他额头的那块瘀血，"怎么了？"

"……"

"疼吗？"她继续小声，关怀。

"……"

他自嘲一笑，转而看她。

嗯？

突然，她眼前一花："啊！"

佟年猛捂住额头，疼死了。

为什么给我吃爆栗……

"疼吗？"他还故意追问。

她疼得龇牙咧嘴，泪花花直打转，被欺负得一时语塞说不出话。

他这才顺了心，随手拍拍她的脑袋："逗你玩呢，哭什么。"

……

于是，Dt 在加油站出口上车后，发现坐在前排的小女孩额头红红的，眼睛也红红的，有些匪夷所思地看了眼继续漫不经心开车的男人。

玩出新花样了？ Dt 奇怪。

车离开加油站，一路疾驰，等拐入辅道，进入一个住宅小区时，佟年终于忍不住，低声问了句："去哪儿啊？"

"我家。"他打着方向盘，快速绕过环岛。

一脚油门踩下去，沿着车道直接驶向最北面的别墅区。

啊？她看四周。

他家？

车很快驶入车库，Dt 先开门，跳下车，直接进了电梯。

他这才解释："家里老人想见你，帮下忙，一起吃个便饭。"

"哦。"她点点头，有些失落。

原来是为了圆谎。

他解开安全带。

其实也没什么，也算是认识的长辈，对吧，佟年？她安慰自己，可还是挡不住失落，就记得解开安全带了，却忘了下车。

Gun 看她没动，满脸都是"好失落""原来如此"的心情，对她勾了勾手指。

嗯？她凑过去。

他微微一笑："只此一次，下不为例。摸也让你摸了，亲也让你亲了，适当补偿一下？"

……

她轰然炸毛，嗖的一下坐直了身子。

镇定，镇定。

小事情小事情……别脸红啊，佟年别脸红啊……

可根本忍不住，就好像他一句话，就被重新扔回那晚——

拥抱的手臂……

滚烫的皮肤……

紧贴的腿……

还有，自己的嘴唇滑过他的锁骨……下巴……耳垂……脸……鼻梁……

她脑子里嗡嗡的，紧攥着自己的包，满脑子都是——

"想要什么礼物？"

"想要……"

"嗯？要什么？"

"要……"

……

也不知道他何时下了车，直到身侧车窗被敲响，她终于被惊醒，隔着车窗玻璃看到他的手势，示意她下车后，马上满脸通红地开门。

头都不敢抬地跟上了他。

进电梯，出电梯，开门，换拖鞋。

坐在客厅沙发上、膝盖上放着一本厚厚的精装书的老人家看到他们一前一后进来，马上就摘下老花眼镜，笑了："年年啊，来，来。"

她仍旧脑子呈糨糊状，听话地走过去。

"韩商言还说你没空，这不是来了吗？课上完了？"

"嗯，上完了。"

"这里怎么了？红了？"老人家看见了她额头的红印。

"……没怎么。"她自己摸了摸。

"爷爷啊下周就回去了，估计啊，很难再来去飞这么久回国了，"爷爷笑眯眯地拍着她的头，问，"听你父母说你从小就恐飞？现在还是？"

恐飞？ Gun 狐疑地看了她一眼。

"啊……嗯，不太敢坐飞机。"她硬着头皮回答。

其实根本就不是恐飞，只是爸妈不想要她离开管辖范围，怕她照顾不好自己，索性一律对外、对亲戚说她不敢坐飞机，也就免去了很多人想要带她出国玩的想法。

Gun 一眼看穿她在说谎，不过，也没兴趣揭穿。

"哦……那有些麻烦，"爷爷微微皱眉，"婚礼要在国内办吗？"

结婚？！她打了个磕巴，这怎么编……

"又没说要结婚。"Gun 漫不经心地接了句。

话刚说完，硬皮书就从佟年眼前嗖的一下飞了过去。

Gun 伸手挡住，险些被砸到脸。

"让你找个年龄合适的，你非要骗小姑娘，骗到了，又不结婚，想做什么？！"爷爷气得猛拿拐杖敲地，"把书给我捡回来！"

他耸肩，活动了一下被砸的胳膊，判断着应该没骨折……很快弯腰捡书，放回去。

佟年整个人都看呆了。

"站住，"爷爷叫住要离开的男人，"去哪儿？"

"上楼开会，明天要飞广州，晚饭让他俩陪您吃好了。"说完，背对着坐在客厅的两个人，挥了挥手。

"你给我回来！"

空荡荡的一句话扔出去，没了回应。

男人已经上了楼……

爷爷气得敲了敲拐杖："又是游戏！游戏！从十几岁就只知道游戏！"老人家咳嗽了两声，拉着佟年坐下，"年年啊，真是委屈你啊，我这孙子不争气，就只知道游戏……老大不小了，唉！不知道干点正经事！"

挺……好的呀。

她默默地想着，忍了会儿，还是忍不住替他解释："也不委屈，我还挺喜欢他玩游戏的。"老人家一愣，叹气，果然是被这浑小子纯粹用色相骗来的。

"真的，"佟年发现爷爷不相信，很认真地解释，"虽然我游戏玩得不好，但我知道他不是在玩，是体育项目，国家已经认可的正式体育项目。十年前他开始的时候，国内大环境很艰难的，没有教练，没有俱乐部，没有经验丰富的前辈，他们战队却能这么闯出去，让整个游戏世界的人知道有个战队来自中国，叫 Solo 战队，有个人来自中国，叫 Gun。多棒啊——"她轻声说，"尤其看到他退役宣言的时候，特别心疼，特别能理解他对电竞的热爱。"

"退役宣言？"老人家显然不知道这是什么。

退役宣言。

当年他在职业巅峰时，一夕消失，所留下的那句话。

曾被很多粉丝用作签名档。

至今仍被记录在数百个论坛、个人主页、官方网站：

"过去两年零三个月，赢过、输过、笑过、哭过，被质疑、被绯闻、被非议、被黑幕，从未辩解，无需辩解，今夜华筵终散场，功成名遂，满目荒唐。"

她背着。

一字不差，全背了出来。

这段话，老人家倒是没听过。

但显然他并不是真的排斥电子竞技，毕竟家里两个最得意的孙子、外孙全都投身这行。多少还是受了些洗脑的，只是想到未来亲家要知道这个大孙子真的就只一门心思游戏，估计……会颇有微词。

不过看来，小姑娘是真心崇拜且理解他。

老人家稍许安心。

就这么陪着聊了一个小时，老人家明显有些累了。

她扶着老人进二楼房间，退出房门，轻轻地呼出了口气。

转过身，却看到 Gun 不知何时出现在楼梯上，一手插裤兜一手拿着一个黑色玻璃杯，边居高临下地看着她，边喝着杯子里的水。

第十五章

韩商言

"跟我上来。"他的声音有些奇怪。

说不出是什么感觉，有点冷，又有点热；有点烦躁，又有点感慨。

她不明所以，"哦"了声，跑上了台阶。

不知道是不是因为他腿长个子高，从二层到三层的台阶，明显比一层到二层高了不少，她走起来都费劲……等扶着扶手，爬到顶层，目光豁然开朗。

根本就没有格局。

没有像二楼一样独立的几间房和小客厅，三层就是开放式的，巨大的双人床，黑色书架，几台连着的黑色电脑，深蓝色的沙发，同色系长毛地毯……

窗帘全部都拉上了……

除了深蓝色就是黑色，这就是……他的房间啊。

她不停住四周看着，看着各种奇奇怪怪的东西，很多都不知道是什么，感觉像是走入了另一个空间。

没有开灯……只有几台电脑的光线。

根本分不出是白天还是黑夜。

他把杯子随手放在电脑桌上，用手将转椅转向自己，背对着几台电脑的光线，坐下来，面对她，招了招手。

一个小时前，他就是坐在这里，在监听器里，这个小孩如何说出了那么一大段话。

那些……曾有着他的青春、热血，以及投入了百分之百感情的年代，从没人敢在他面前提起过。而那些所谓的官网、个人网站，都是无授权的，他也从没去过，过去就是过去了，无所谓还有谁记得 Gun 这个名字。

当个人英雄主义已经蜕变成了俱乐部荣誉至上……

他其实已经不是过去的他了。

可是，谁又清楚，连他自己也不清楚的是，在血液里流淌着的那些情怀，会因为她一句话被牵起。这是……这么多年以来，他第一次用了整整六十分钟的时间，想起了过去的点滴。

面前的小女孩，磨磨蹭蹭地走过来，那些小心思、小犹豫，还有不确定和难以掩饰的开心，都落在他眼里，她停下来，在他一步之遥的地方。

他的眼睛，第一次像对待一个同龄人似的，认真地看她："除了知道我叫韩商言，还知道什么？"

她愣了，还知道什么吗？

其实都很零碎。

他的资料实在太少了……

其实知道他的真实名字和国籍，总有办法知道更多东西，但她也一直没敢这么做。好像上次在网吧偷看他身份证，已经让他很不爽了，所以她很知分寸地，只在网上搜寻关于 Gun 的信息。"没有了……"她老实交代，"就只看过你的公开采访和比赛视频。"

他沉默了三秒。

然后，再次开了口：

"韩商言，1986年2月14日生于挪威，2004年改为中国国籍，曾做过电竞职业选手，拿过的名次和成绩网上都有，2005年退役。读了几年大学，专业工业设计，毕业后在美国创办 K&K 俱乐部，我是第一投资人，也是这个俱乐部的老板之一。2013年，K&K China 成立后，常驻中国。"

如此详细的介绍，就连百度百科都不可能有的资料，就这么从他口里，一句句地说出来，告诉她。

好像在说：

欢迎来到我的世界，佟年。

他说完，慢悠悠地剥开一颗糖，吃进嘴里，口齿不清地作了总结："这算是，正式自我介绍了，别把我当成网上写的什么英雄，我不是，明白吗？"

"嗯。"她点点头。

你比网上写的好上一百倍。她想。

这是他第一次有耐心和一个异性说这么多话。

但显然，他已经开始有些没耐心了。

尤其说到这里，小孩还是不懂他的意思，虽然她……真的在认真听……

"我也不是什么君子，脾气很差，绅士风度完全没有，不喜欢浪漫，连约会的时间也没有。我的整个生活就是K&K，就是我的所有队员，很单调，没消遣，没旅游，没度假，更讨厌应酬，甚至连休息日、节日、年假都没有。"

好可怜……她想。

忽然，四周安静下来。

好像，他把想说的都已经说完了。

她仍旧蒙蒙的。

"所以，再给你一次机会，还想分手吗？"

嗯？！

她睁大眼睛。

彻底不知道怎么说话了。

怦怦怦……

怦怦怦……

心跳得越来越快，她整个人都沉浸在这巨大的惊喜里，呆住了。

"想？还是不想？"他再次开口。

"……"

"没想好怎么回答？"

"……"

"还需要再考虑？"

她紧紧搅着手指，在背后，拧得自己生疼。

"不想……"怕他没听到，她又小声重复了句，"不想。"

这是她从小到大，第一次花那么多时间和力气，想要了解一个人，想要追上他的脚步，哪怕，换他回头看一眼。

她不想分手……

也不想今天过去后，就再也见不到他。

Gun 继续吃着糖，没再接着说话。

整个空间再次陷入了一种诡异的安静里。

她像是在等待最后的答案，两只手紧紧在背后扭着，扭得生疼。直到，鼻梁上忽然一瞬温热，他竟然伸手，刮了下她的鼻子："那就不分。"

……

那就是……

真的不用分手了吗?

她有些不太确定，抬头，想要看清他的眼睛。

可惜后者已经将转椅转过去，正面对着电脑，一边打开邮箱调出邮件，一边看着屏幕上的电话号码，拨通了会议电话。

随着一系列招呼声后，他扔下一句话："你们继续，我听着。"

众人扔过来几句 OK，开始用英文，说着全球四大服务器的预选赛报名情况："美国以星际2为主要项目的电竞联盟俱乐部宣布转型《密室风暴》……"

他转回来，继续看她，像是要继续刚才的话题。

可是却什么都没说。

佟年被他看得脸红红的，轻声喃喃了句："那……你开会，我下去了……"

他伸手，将她拉向自己，在她手足无措时，把她按到了自己的右腿上，坐下。

在手覆上她脑后时，甚至能感觉，她的身体有些发抖。

"要不要……给你喝点儿酒?"他的声音，如鬼魅般地贴近她。

小孩没动，整个人背脊都僵直了。

仍旧是水果糖的味道，在她的身上，应该是一种香水，甜得腻人。那晚的记忆从身体深处慢慢被唤醒，那些……

急躁的，渴望的……

没试过的，想要的……

房间昏暗。

电话里的背景音很亢奋，在说着即将到来的全球预选赛。

而他则闭上眼睛，鼻尖从她的额头滑下去，闷闷地，无声地，滑过她的鼻梁，一路向下，直到找到了那个地方……

"佟年。"他声音哑哑的。

她小声地"嗯"了声。

"想……接吻吗？"

悄无声息。

他又用鼻尖摩擦了一下她的唇："不想？"

她抓着自己的裙子，紧闭眼，紧张得都不敢呼吸。

他笑，沉静地将鼻尖继续滑下去，顺着那股甜腻的味道，擦过她的小下巴，然后是脖颈。

再滑下去，是脖颈，然后……

是细小的，弧度美好的，锁骨。

终于在这里，他将嘴唇贴上去，滚烫的，是她的皮肤，很软，慢慢摩擦着……慢慢挪上去，到她的长发下，耳根后："嗯……"他轻声耳语，"这里最香……"

怀里的小女孩身体软软的，被他像个娃娃一样搂在怀里。

一个动作都不敢动，一声都不敢出……

"两大联盟合作谈成，合并了，不过 efk 好可怜，直接解散，就因为没有谈成合作……"电话里 Navi 的声音，有些奇怪的感觉，好像察觉到了什么。

"弱肉强食，没什么可怜的。"他毫不在意，还在用英文回应电话会议。

"老大……我听得懂中文啊……"电话里，中国台湾连线的俱乐部头头儿已经崩溃了，带着哭腔，"不过老大，相信我，我什么都没听到，啊，啊，断线了！"

嘟嘟嘟……一人离线。

那些欧洲、美洲区正讨论的热火朝天的人，都有些奇怪，纷纷用英文问谁掉线了？哪个退出了？不怕老大直接让飞过去体罚吗……

最后，连 Navi 也用中文，忍不住低声抱怨："妈的，韩商言，你别忘了我也听得懂中文！你收敛点！"他扑哧笑了声，松开佟年，舒展了下手臂，懒洋洋地用英文说："不好意思各位，我的问题，女朋友在这里闹小脾气，先哄哄她，半个小时后继续会议。"

众人震惊，还没来得及恭喜大老板喜得女友，电话就被挂断了。

房间恢复了安静。

佟年整个人都呆呆的，不敢相信他竟然……没静音……

她仍旧被抱着，像是转了半个圈，感觉他的手臂松开自己，听见键盘敲响的声音。

嗯？

不……亲了吗？

她悄悄睁开眼，看到他近在咫尺的脸，就这么越过自己，对着电脑屏幕，挺一本正经的。她回头，发现电脑屏幕上果然已经不停地出现了一行又一行英文。

回邮件？

"等我先回个邮件。"他低声说。

……

搞定。

敲下 Gn，点击发送。

Gun 将视线重新放回她的脸上，看她的睫毛微微抖动着，忽然觉得好玩，用指尖碰了碰："睫毛还挺长？"

……手指顺着睫毛滑下来，碰到她的脸："刚才说到什么？"

哪里有说到……

只是做……

她脸涨得通红，动了动身子，在他大腿上磨蹭着，根本不知道自己不经意碰到了什么："没……说什么。"

"哦？"他的笑声压在喉咙口，"可我想起来了，怎么办？"

……他这么近距离的玩笑，说话的气息都扑到她的脸上，他们又回到了这个话题。她甚至再次垂下眼睛，等着，等着他将自己按在怀里，重重地吻上来。一秒、两秒……时间一点点推移，什么动作也没有？

是……不吻了吗？

她悄悄抬起眼睛，瞄了他一眼。

昏暗的房间里，只有那双眼睛最亮，看着自己。是的，真的只是看着自己，像是在看着一件新鲜的东西，忽然出现在生命里，那么不确定，如此不熟悉，不习惯。

他后悔了吗？

昨天哭的感觉还在，好像，他一句话，忽然反悔，她就再也见不到他了。不确定，不安全，什么都是忽然降临的……

她慢慢攥住他的短袖 T 恤的下摆。

用尽最大的勇气，凑上去，碰上的瞬间，他竟然忽然避开。她一下子就愣住了，真的后悔了吗？不要哭，不要哭啊，快回去，眼泪快回去……他的脸忽然就靠近，吻住了她。

她被惊到，眼睛忽闪忽闪地眨着，眨着，就慢慢地，乖乖地闭上了。

……

吸着小女孩呼出的气息，感觉她在自己身上微微发着抖，衣服被她拼命拽下去。一切都很真实，触感，嗅觉，掌心下的她，都很真实……

原本还是陌生的，他甚至除了知道小孩叫什么、多大、在什么学校上学之后，就没多关心过，"在一起"也是因为那晚做得太过火了，想要试着，去负责，看是不是真的适合有个女朋友……可当她的嘴唇在自己这里，小舌头顺从地任由自己试探、品尝。

陌生的感官刺激，让他无法停下来。

所以……爱情是什么……

是这样吗？

想要，把她整个人都变成自己的，用所有的方式……

他紧闭上眼的同时，放开了她。

小孩拼命喘着气，靠在他肩上，呼出的气息都在侵入他的皮肤，潮湿的、燥热的。他低下头，用嘴唇吻了吻她的耳朵，给了她一个很大力的拥抱："出去吧……"

佟年呼吸错乱，目光涣散地看着他………

感觉后背被拍了拍。

她这才惊醒，耳根通红，什么也不敢说，就跑下了楼。楼梯实在太高，也不能跑快，跌跌撞撞地到了二楼，立刻靠在墙上，猛捂住脸。

天啊……

天啊……

嘴唇还是麻麻的。

佟年忍不住咬住，想要克制这种感觉，却立刻尝到了糖的甜味。

轰然一声，整个人都烧着了。

于是，Dt走上楼想去叫大家吃饭的时候，就看到佟年站在楼梯拐角处，拼命跺脚捂脸。抬头看到是他的一刹那，就和见到鬼一样，啊的一声，立刻又连滚带跑地奔向了一楼……Dt莫名所以，抬头看了眼三楼。

第十六章

歌姬

晚饭吃完，Gun才从楼上下来，正看到佟年坐在爷爷身边，拿着小刀在削苹果。你见过人第一次学削苹果的现场吗？就是这样，皮连着果肉，一刀刀下去，成果极其难看。

Dt百无聊赖，看着电视里的黄梅戏打发时间。

自从老人家来，这整幢房子里都像是回到了烟熏火燎的民国，电视每天就轮回放着各种戏曲，他听着就头疼。

他走过去，大咧咧地坐下，跷起二郎腿，示意她给自己水果刀。

然后重新拿了个苹果，干脆利索地削了一圈皮下来，切成八块，果核剜去，全程手指都没碰到果肉，就这么一块块扔到盘子里，推向那一老一小。

好帅……

佟年火速拿牙签，插好一块，递给老人家。

"手都没洗，自己吃吧。"老人家嫌弃地看他。

他没吭声，真直接捏了块，扔进嘴里。

佟年也跟着吃起来，一副我不嫌弃你、坚决不嫌弃的态度。

吃着吃着，就听见爷爷问："年年啊，那天听你爸妈说，你喜欢唱歌，还在网上很有名，有很多粉丝？"她不好意思地看了眼Gun："没有很多……"

"你看看你媳妇，"爷爷再次嫌弃地看Gun，"喜欢的东西多陶冶情操，你也就会玩个游戏。"Gun翻了个白眼，继续吃苹果，显然老人家已经选择性忽略他最爱的大外孙也是电竞选手，还是拿了很多世界第一回来的职业高玩。

爷爷再次笑眯眯地看佟年："都唱什么啊？"

"唱……动漫歌曲比较多，还有各种日文歌。"

"啊，日文歌啊，不好听，"爷爷感慨，"《智取威虎山》会吗？"

"……"她不好意思地摇头。

"你爷爷过去可爱听《红灯记》，听过吗？"

"听过，听过很多次，"呼，幸好听过，终于找到共同话题了，"我爷爷在的时候，也总在我家放，那时候我家也这样，每天只要醒着就是戏。"

爷爷更高兴了，觉得韩商言这辈子没干过什么好事，唯一能拿得上台面的就是找了个这么乖巧的小媳妇。于是老爷子笑呵呵地手一挥："给爷爷来一段。"

……

Gun 和 Dt 同时抬头。

看向给自己挖了一个大坑的萌妹子……

★★★★★★★★★★★★★★★★★★★★★★★★★★

整整半个小时的回家车程，佟年都是抱着自己的包，紧咬着下唇，半个字都不敢说的状态。谁来体会一下治愈系妹子在自己最喜欢的人面前，第一次唱歌，就是唱《红灯记》的画面……尤其唱到中途，Dt 直接笑场离开，Gun 的面部表情也是各种丰富多彩。

于是，直接造成了，她从唱完到现在，还没敢和他说一个字的现状。

Gun 打方向盘，驶入小区，在离她家楼下有五十米远的阴影处车位，停车。

这里能保证他们不被任何人围观，也不会出现被她父母出来看到的情况，又能看到她安全走进楼道，好位置。

熄火。

一时寂静。

"我下周末回来。"虽然不太习惯汇报行程，但这种简单的事，能做，还是做了。

"哦。"她应了声。

"航班号不告诉你了，不用接。"

"哦。"她继续点头。

可偏就没看他，还沉浸在《红灯记》事件中，心头默默滴血呢……感觉手腕被攥住，一道将她拉过去，中间横着中控区扶手，所以没用力，仅表达了让她过去的意思。

嗯？她看到他将座椅调后。

这个车位很边缘，他又停得车头向内，只有车尾能看到远远的车灯，晃过去。

她低下头，蹑手蹑脚地爬过扶手，被他扶住腰，斜着坐在了他的腿上。十分之一秒后，被咬住嘴唇的她，还在思考，是不是蓝莓和她老公也会这么频繁地……亲不够……

当然思考在几秒后就停止了。

她背脊阵阵酥麻，紧绷着膝盖，腿贴在车门上，轻轻扭动了两下。他的手心恰好就放在她的腿上，不太愉快地暂时离开她的唇："大冷天的，穿什么裙子？"

"不冷——"她低声喃喃。

"不冷？"他扭开车门，一股冷风就灌进来。

她猛地一哆嗦。

砰的一声，车门关上了。

呼，又暖和了。

"还不冷吗？"

"冷……"她老实了。

他当然知道她心里的小九九，毫不留情地点破："衣服就是御寒的，想要其他效果，还不如不穿。"

啊？她唰地红了脸。

羞涩地扭了扭身子……

Gun 素来说话直接，从不觉得这种话有什么必要拐弯抹角，尤其还对着已经被冠名的女朋友。当然这个话题没有深入讨论，因为当他开始第二回合的合理需求时，发现……裙子也不错。

不过这个长度，还是危险了些。

所以原定计划是看着她进楼道，变成了他亲自送她走进楼道，站在夜色与灯光的交会处，看着她一步三回头地和自己告别。

被需要、被渴求，还有被寄予的归属感，这些都曾只存在于那个遥远的战队队友之间。这些感觉越强烈，随之而来的失去就会越痛苦，他于爱情上并没有什么深刻经验，但在人与人相处中，充分体会过……

他转过身，走出灯光明亮的地方，踏入夜幕。

身后，忽然伸出一双小手臂，搂住他的腰："有没有吓一跳，"小女孩的声音在笑，有些小小的窃喜，她可是悄悄一步步溜回来的，幸好没被他识破，"早点回来哦。"

他低头，看着她的小手，毫无情欲地抚摩了两下，算是回答。

"我会……想你的。"她轻声说。

第二天下午，日翻圈四大萌娘之一、拥有超多脑残粉的密室的鱿鱼大大，忽然发了新歌，看到歌名，粉丝群集体爆炸了。

《恋爱循环》！！！

三年前大大年满十六岁接受采访，被粉丝千呼万唤要翻唱这首歌的时候，可是亲口说过，没恋爱没感觉没恋爱没感觉，恋爱了才给翻恋爱了才给翻啊啊啊啊啊！

十秒内，她微博被粉丝疯狂攻陷了……

"[再见]没有一点点防备，我家萌娘就这么嫁了。"

"[再见][再见][再见][再见]生无可恋。"

"[再见]上海的，金茂见。"

"[再见]台湾的，直接101大厦，记得一起倒数再跳。"

"哪个汉子干的，你出来老子不打死你！！！老子等，等你分手！！！"

"[再见]老子从小学就爱上的女神恋爱了。"

"今夜我们一起失恋……"

"[怒]小鱿鱼是我的我的我的我的！！！"

"[泪]那个汉子你上辈子一定拯救了银河系……"

"[再见]汉子你出来，老子保证不咬死你！"

……

在飞机场等飞机的97就这么握着手机笑喷了。坐在候机大厅的一众队员原本都仰着身子，一个个累得半死不活的，各种姿势躺在椅子上，此时听到声音，马上都嗅到了异常，纷纷跳起来围过去："怎么了怎么了？"

"小嫂子的微博，老大被喷得不轻啊。"97咧嘴笑，幸灾乐祸状。

"歌名不错欸？啥意思？"Demo莫名其妙。

Grunt拿过手机，扫了眼，又扔回去："秀恩爱呗，昨晚老大不是回家了吗？估计三垒上全了，体会到爱的真谛了呗。"

众人恍然大悟。

嫉妒啊！！！

一堆单身狗痛不欲生状……

Gun拿着杯咖啡，边低头玩着德州扑克，边往这里走，众人目光灼灼，一副敬仰的目光让他察觉到异常。他抬起眼皮，众人马上各归各位。

搞什么？

他视线巡回一圈，锁定Demo："说。"

"啊？"Demo沮丧着脸，为什么每次都点老子，老子来K&K是为了拿金牌的，不会没拿到金牌就英年早逝了吧？"就……小嫂子秀了个恩爱，大家乐和乐和。"

我去——

众人低头，虔诚地……为小Demo默哀。

★★★★★★★★★★★★★★★★★★★★★★★★★★★★★★★★★★★

今天她并不用去学校。

只是后知后觉地发现自己在监考的时候消失了，愧疚地给老师打了个电话，没想到老师直接回答："听说了，你家里，哥哥还是叔叔来着？说有急事把你接走了？没关系，你已经很辛苦了，还帮我出试题。"

她特别不好意思，再三道歉。

结束这个电话后，两只爪子捧着手机，低头给他发微信：喵，你到了吗？

Gn：到了。

她：举爪，我能申请晚上和你视频吗？

Gn：……

她：对手指，就……看一会儿好不好？

Gn：……

她：微信就可以，只要你信号好……要是信号不好，QQ好不好？你有QQ吗？

Gn：晚上再说。

她：嗯～我等你。

佟年简直是满血状态，整个白天都在自己第一次晒恩爱的羞涩中度过。晚上十点多，才终于敢登录微博小号，去看大号的留言。整个人都像浸在蜜罐里，恨不得让全世界知道他多好，他多棒！他……总之就是天下无敌最帅的男人！捂脸！！

她拿出笔，哪管网上怒海滔天的留言大军和金茂大厦楼顶站了几千人，开始趴在桌上，安安静静记手账。画着各种可爱的小卡通人，一句句记下来两个人都说了什么、做了什么，等到……画到一辆卡通车内的两个小人抱在一起，她终于猛地用额头撞了下桌子。

太……

忍不住跳起来，跺了跺脚，重新坐下，随手刷起了微博小号。

没想到小号关注的人，竟然在疯狂刷屏。

这些人全都是她为了方便了解 Gun 的圈子所关注的，各大知名电竞选手，各类电竞杂志，游戏官方微博，等等，一百多个……

竟然全部都在……刷屏？？

97：@Gun，老大说他要开微博……

Grunt：@Gun，CS 曾经的第一代本座级人物、K&K 全球老大现身了。

Demo：@Gun，老大，跪迎。

Dt：@Gun

Solo：@Gun，欢迎归来。

Appledog：@Gun，呦西！神棍归来！

inin：@Gun，大魔头，怕怕……

……

最开始发的都是 K&K 的人，后来慢慢地，所有圈内人都开始察觉了，各个项目的神级人物，包括 CS、星际、魔兽、穿越火线、极品飞车、刀塔、FIFA、炉石传说、LOL，等等，全部打了鸡血一样地转发起来。

电竞圈的远古传说好吗？！很多现在的神都是 Gun 神的脑残粉好吗？！

电竞官方微博。

各大游戏官方微博。

各大赛事官方微博。

……

整个圈子沸腾了。

太热血了。

十年啊十年，开拓山河的人终于肯公开回归了。

虽然不少人知道他是 K&K 的老大，但这不一样，只要他一天不对外公开身份，大家都会自动息声，默默地看着、守着这位曾经的 Gun 神。现在，他个人肯在互联网公开微博，超级热血有没有！必须捧场有没有！多少人的启蒙人，多少人的指路灯，多少人年少时候的偶像！

佟年彻底看傻。

就这么看着电脑屏幕，像是看着另外一个世界的狂欢。

虽然百度百科写得很明白，那些论坛采访、帖子也都看过，但和现在的感觉完全不同。在这一秒，她才察觉出……自己……一见钟情的男人是怎么样的人。

他开微博要干什么呢？

宣传俱乐部？招兵买马？

她猜测着，点开 @Gun。

整个页面跳出来，只有一条：

Gun：[网页链接]

再点开 [网页链接]，是 K&K 俱乐部的官网。

果然用来宣传的，也太不敬业了，起码说点什么吧？

不过，只有短短几个小时，粉丝却已破百万……

太……强悍了……

她默默地看了看自己大号的粉丝数量……1/10。

嗯？

等等……

发歌的那条留言怎么有三万多……转发也是……新浪抽了？！

她不敢相信地点开来，留言区唰地一下打开了。

路人：观光团。

路人：围观 Gun 神唯一关注。

路人：男神唯一关注。

路人：观光团。

路人：男神唯一关注。

路人：男神唯一关注。

路人：[伤心] 什么也不想说了，希望你好好待我喜欢了十年的男人。

下午看了你的百度百科，十年前我就是你这个年纪喜欢他的……没想到你这么幸运，在这个年纪就拥有了他……

路人：围观 K&K 老板娘。

粉丝：发生了什么？？？我家大大被黑了吗？？？ @新浪客服

第十七章

随队

她猛低头，捂住脸，拼命克制那不断翻涌上来的幸福感。

直到，身后母亲大人推开门："吃不吃消夜啊？"她猛摇头，整个人都轻飘飘的，喃喃回视："不饿不饿，不饿不饿……"

母亲大人狐疑地看着她。

还没等发问，就被她跳起来，推出房间外："我要帮人做大作业了，晚安晚安。"关上，不放心，又拧了两圈锁住，抱着手机蹦上床。

不行，还是好激动怎么办？怎么办？

她举着手机，傻傻地盯着自己和他的微博评论看了很久。

……

嗯？ 22:23？

不对！说好要视频的？！

她抓起手机。

火速微信。

她：DokiDoki

Gn：……

她：对手指，可以视频了吗？

Gn：……

她：可怜巴巴望着你。

Gn：会不会正常说话？

她：嗯。那么，韩商言，我们可以正式开始用视频联络感情了吗？

Gn：……

她：正常地望着你。

Gn：QQ，你的。

她：678709XX

Gn：等。

她立刻从床上滚下来，房间房间，要整理房间，还有，换衣服换衣服……来不及了来不及了，索性从衣柜里抓起一件粉红色连衣裙，套上，火速闪回电脑前。

QQ 上已经有好友申请，打开：Gn 请求添加您为好友。

通过，添加。

多一句废话都没有，直接发来视频邀请。

她有些羞涩，两只手捋了捋长发。

接受。

视频开始，竟然，那边黑漆漆的。

感觉这个角度，好像是……电脑放在了床上？

很快，画面亮起来，只能看到他穿着牛仔裤的大长腿，走过来，一只手拎起电脑，放在了桌上。下一秒，Gun 两只手撑在桌上，光着上半身，看镜头里已经呆掉的她："看见了？"

"看，看见了。"

还……很清楚……

没穿衣服的上身，发梢还在淌着水，腰带，又没系……

捂脸，他怎么总不系腰带！！！

"角度 OK？"

"嗯。"为什么问角度？

然后，他就像没什么事了一样……走了？

额？

他不会就认为开视频……纯粹是满足自己的观看愿望吧？虽然也没什么错，但怎么……怪怪的？画面里，他背对着她，从敞开的行李箱里拎出一件长袖，套上。

穿衣服的动作也，这么，招人……

她咬住嘴唇。

彻底进入了韩商言式的视频模式。

就是他干他的事，直接把窗口最小化、关了喇叭，完全就不管她在视频另一端做什么了。而她就乖乖地、安静地、撑着下巴看他。

光是这么看，就过去了二十多分钟。

她还一点都不觉得枯燥。

整个时间段里，他就是穿衣服打电话，开电脑打字，甚至还听到了背对着自己的电脑里的游戏的声音，很快，就察觉自己游戏声音太吵，彻底静音了。

在打游戏？真好。

一直这么看着就好了。

管他有没有声音。

她开始思考，过半个小时要将电脑屏幕转向，对着床，这样就能边睡边看他打游戏了。

忽然，画面里的他不太耐烦地抬眼，看了眼画面外，推开鼠标，起身消失在画面内。

出去了？

额……还回来吗？要等吗？

她有些茫然，失落地拿起手机，想要用微信问问他什么时候回来。画面里，猝不及防地就出现了一个女人，笑着坐在了……床上？！

"韩商言？"她不敢相信地叫他。

没人有反应。

两个人明明在说话，也听不到说什么。

不对！早就静音了！！

她光速拿起手机，打他的电话，就看到画面里的他拿出手机看了眼，又丢回裤子口袋。然后，快步走过来，伸出手——

画面忽地黑了。

★★★★★★★★★★★★★★★★★★★★★★★★★★★★

走廊里，第一、第二战队从主力队员到替补，十四个大男孩散漫地走近，看着门牌号，找老大的房间。

"多少来着？"Demo认真找门牌号。

"1708，"97回答，"今天成绩不太好，还不知道老大要怎么发飙呢。"

"哎，嫂子在就好了……"Demo默默地嘀咕了一句。

"在也不一定好啊，万一正赶上不能增进夫妻感情的日子，苦得还不是我们？"Grunt扫了眼门牌，发现已经走到1705，"欸？快到了？"

Demo一脑袋问号："啊？啥？啥是不能增进感情的日子？"

众人……

突然，1708房门被打开，走在前面的几个人吓得跳回来几步。

伴着一段超高度的尖叫，就看到一大团白色的东西被扔出来。众人再退两步，最近人气超高的某美女解说正惊慌失措地从白色被子里爬出来，捂住超短裙，在众目睽睽下，红着眼往走廊另一端跑去……

众人面面相觑。

怎么每次出队比赛，被骚扰的永远是老大和队长……

Grunt倒是乐得看热闹，他一脚踹在Demo屁股上，后者被迫，畏畏缩缩地探头："老，老大，你是又被性骚扰了吗？"

众人……

Demo你什么时候学会说话，母猪也能上树了！

★★★★★★★★★★★★★★★★★★★★★★★★★★★★

佟年心神不宁，不停拨着他的电话，好像永远都不会接一样。

突然，收到了来自Gn的微信。

她的心疯狂地跳着，有些委屈，也有些忐忑，不敢看到底发生了什么。可又控制不住，打开。

？？

Gn：身份证。

她：310110XXXX032070XX

？？

一分钟后。

Gn：尊敬的佟年女士，您所预订的航班号为CA51XX，起飞时间……

她：……

Gn：周末没事就过来。

她：刚才那个女的……

Gn：碰上神经病了。

她：哦。

Gn：视频。

她：哦。

……

他很快发来视频邀请，她蒙蒙地接受。

仍旧是静音，几分钟前空荡荡的房间塞满了人，全是K&K的队员。估计他那里视频还是最小化，任何人都没察觉到Gun开了视频。

……

第二天清晨她就拎着箱子跑去了机场，顺便一路上给蓝莓打电话串口供说是去商演。电话另一端的蓝莓夯毛一样地告诉她："你知道我们都疯了吗？我老公也疯了，刷了一晚上的论坛给我看各种粉的八卦……"

哪里管什么八卦，她满脑子都是我要去广州，我要去广州。

等飞机落地，乘着出租车一路飙到他住的酒店，正是午饭时间。Gun电话里让她在楼下大堂等着，没多久，他就从电梯走廊拐出来，身后跟着一帮背着大运动挎包的队员，众人看到佟年的一瞬，都有些表情微妙。

因为，众人齐齐回望——

紧跟着K&K的就是几个男女赛事解说。

其中一位看到 Gun 站在大堂有些变了脸色，不过还是坦然地望过去，看了眼离他不远，身旁立着一个小行李箱，身着可爱短裤的小女孩……

小女孩同时回眸，发现了她。

两人对视。

Gun 正准备告诉身后的苏澄，自己估计要单独带小孩去吃饭了，头刚转过去，没来得及交代，就察觉小孩突然扑上来。

被勾住脖子的一刻，他反射性伸手，搂住她的双腿。

这种姿势直接导致的结果就是，他的两只手都放在了她的……

于是，整个酒店大堂里等着出发去赛场的七个俱乐部选手、各组非职业选手，还有比赛的解说、裁判……所有人都围观到了——

K&K 大老板如何在大庭广众之下，将小女朋友像树袋熊一样抱在了胸前。

抱在了胸前……

这姿势实在，是，太，邪，恶，了……

天啊……

只是看到那个神经病，脑子一热想蹦上去抱他，没想到跳得太高了，更没想到他反应如此迅猛，直接把自己就这么抱起来了。

两条大长腿反射性地夹住他的腰……

……

Gun 是没料到。

纯粹的，没料到。

她身体包括胸前明显的那部分柔软都紧贴在自己身上，手臂紧紧勾住自己的脖子，这是他一辈子也没想象过的场面。关上门，怎么腻歪是两个人的事，可大庭广众之下摆这种 POSE 实在有些轻浮。

"完了，我不是故意的，跳得太高……"她轻声喃喃，手心直冒汗。

Gun 深吸口气，努力让自己不要注意她随着呼吸起伏明显的部位："快下来！"虽然低声呵斥，但没敢松手，实在没经验，怕把她摔了。

……

身上的人小声地应声，无声滑下去。

他活动了一下手臂，招手叫过来酒店服务生，报了房间号，让对方将行李送到自己的房间。老大这么镇定，K&K 众人当然也是秒速恢复冷静，一副我们老大就是这么旁若无人的表情，继续背着各自的行李袋，往出口走。

……

佟年跟着 Gun，没走两步，看到面前的人停住脚步。

完了，要被骂了……

"鞋带。"他的声音很冷淡。

嗯？

她低头。

咦？开了。

想去弯腰，被揪住手臂。

啊？

Gun 的目光扫过她的短裤，这种长度别说是弯腰，就是这么直直站着也已经露太多了："跟我过来。"他说着，将她拎到电梯旁的楼梯间，本来想说让她自己系上鞋带，没想到这里都是工作人员在闲聊八卦。

众人见到忽然有两个客人走入，都停下来。

他黑着脸，观察四周环境后，沉默着，右腿跨上了第三级楼梯，示意她把脚伸过来。

佟年"哦"了声，傻傻抬腿，够不到……

于是跑上去两级台阶，伸出脚。

手扶住墙，在他握住自己脚腕的一刹那，有些酥麻猛地从脚背蹿上来，震得她有些昏。

小小的，浅粉色的，NIKE 面包鞋被斜放在他大腿上。Gun 低下头，手指不太习惯地绕住松开的白色鞋带，很熟练地将活扣打在了鞋内，完全是他的个人习惯。

她手指紧张地扣住墙壁，眼睛垂下来，乖乖收回脚："谢谢……"

Gun 翻了个白眼："客气。"

"我刚才不是故意的……"她轻声解释，"就是有点吃醋，然后，想抱你，然后……"

"吃什么醋？"

"啊？就是——"

两天没见，小孩还是老样子。动不动就大脑转速跟不上说话的欲望，说话卡壳，仍旧不听话，偏爱穿露大长腿的短裙短裤……

但不知为什么，他突然觉得，看到她这样轻松了不少。

从身体到心理都很轻松。

不觉有了些逗她玩的性质，凑到她脸侧，轻声笑："告诉我，那神经病脸没你萝莉，腿没你长，胸没你大，脑子也没你聪明，究竟哪里值得你吃醋？"

啊？

！！！

被当成空气的员工们听不到 Gun 说了什么，就看到小女孩跳起来，一个趔趄，眼看就要摔……

大帅哥及时伸手，拎起她的双肩包……

抱了抱了！

亲啊亲啊……

众人狼血沸腾，没想到，大帅哥可淡定，直接推门……出去……了……

K&K 的车上，众人亲眼看见老大带着嫂子上车，然后不知道谁发现了，小嫂子的鞋带是一脚一个系法，很明显的，左脚是小女孩的蝴蝶扣，右脚是老大最常用的……于是整个路上，这些二十岁左右热血方刚的大男孩都在窃窃私语地讨论一个问题，老大刚才究竟干啥去了？？

广州赛区的比赛，是 K&K 主打，老对手 SP 仅旁观。

所以在没有最强劲对手的战场，昨天竟然打了平局，出乎所有人预料。Gun 到休息区后就递给佟年一张工作牌，拍了拍她的后背，让她随便去玩会儿，自己要给队员开个战前动员会。她听话地接过，低头看名牌上：K&K俱乐部，佟年。

她就有些激动，抽出蓝绳子，将名牌挂在脖子上，边往出口走，边不停低头看自己胸前的名牌。这是……属于自己的 K&K 名牌。

这个俱乐部对她而言已经不再陌生。

这里，有很多顶尖的电竞选手，全球十几个分部，拥有着各个项目的冠军。

他在美国的日子，她一直在看电竞论坛和赛事新闻。那场决赛是小白拿了冠军，据说决赛当天，现场观众超过两万人，网络观看人数超过六千万。

虽然不懂，但她还是将比赛视频都认真看了。

……

"嘿，"有一双手在她面前挥了挥，Appledog 笑眯眯地低头看她的名牌，"咦？没有写职位吗？"她晃神，笑了笑，低头也看自己名牌："什么职位啊？"

Appledog 拿起自己脖子上的名牌，给她看。

俱乐部：SP

职位：MS 领队

姓名：Appledog

对哦，都没注意，职位那栏是空着的。

"应该写家属，"Appledog 煞有介事告诉她，"回去告诉韩商言，不给写家属，下次不随队了。"她听到"随队"两个字，很快不好意思。

这个女人每次遇到她，好像都是在帮她，佟年自然对她有亲近感，两个人有说有笑地聊了很久。她觉得，好像 SP 的人并没有网上说得那么和 K&K敌对，说到最后，Appledog 有些帮忙地，给她讲些很多很多他过去的事。

……

"还有什么呢……他粉丝可多，不知道骂哭过多少追着他比赛，不去上课的女孩。哦，对，还有，过去我们养了一只猫，都是他在照顾，后来猫死了，他连别人提起都不行——所以我和 Solo 都猜，他初恋情结肯定特别重。"

啊？

忽然，Appledog 抬腕看表："比赛要开始了，进去吧。"

她点点头，跟着她往队员休息区走，就在即将迈入大门时，身边的女人突然侧过来，单手给了她一个沉重的拥抱："他那时候没有家里支持，一个人漂在国内，就为了在中国赢金牌，没女朋友、没家人，就想赢，一直赢下去，用中国国籍赢回大满贯。我都怕没人能忍他的坏脾气和对电竞的偏执，谢谢你，真好，一切都越来越好了。"

她有些傻了。

等到分开，回到他身边，坐下来，仍旧想着最后那一段话。

慢慢地，体会出了一些心酸和无奈。

所以……这就是每次爷爷都嫌弃他的原因吗？做得这么成功的事业、拿了那么多的冠军、吃了那么多苦，家里人还不能理解他吗？

Gun 察觉到她情绪很低落，猜想，是两人早上见面时他太凶所导致，虽不觉得有什么错，但显然，小女孩的做法也没有什么大错，只是观念不同而已。

"怎么不说话？"他难得地开口想要缓和气氛。

"嗯？"她幽幽地看向他。

……

这眼神……

太诡异了。

他清了清喉咙，低声解释："我不反对关上门的任何亲热，但在大庭广众之下，要适当收敛。太招摇不好，别人会当作看笑话，还觉得你这个女孩不矜持、很轻浮。"

"哦……"她乖乖点头。没关系，我会一直支持你。

他被她看得直发毛："我是男人，不会吃亏，最后吃亏的都是你。"

"嗯……"她继续听话地点头。没关系，你现在有我。

他发现，她根本没在认真听，唯一那么点儿耐心即将用尽。

突然，她的小手慢慢地伸过来，很坚定地，紧紧地攥住他的手背。没关系，你现在有我。

他彻底绝望了，拼命告诫自己，不许再发火，冷静。

冷静。

搞什么，就放小孩出去玩了十分钟，回来怎么就这样了？！

第十八章

Blueberry Jam

想念

今天是 K&K《密室风暴》二队的预选赛。

昨天一队意外地打平一局，以积分小组第二出线，这让 Gun 很不爽。比赛开始，他收敛心神，全神贯注地盯着场上的战况。

佟年也努力学着看，肩膀上，被轻拍了拍。

回头，刚才在酒店大堂见过的、跟在他身后的女人弯腰轻声说："盒饭来了，一起吃吧。"她愣了，眼睛瞄 Gun，女人微微笑着解释，"是老大让给你订的。"

哦。

她乖乖起身，也不敢打扰他，弯腰走出休息区。

K&K 一队队员，还有几个替补都低着头，人手捧着个纸盒子狼吞虎咽。这个会场比较小，没有特供的会议室，所以大家都是坐在椅子上捧着吃的。女人看了看四周，将其中一个队员的行李袋要过来："坐这里吃吧，把椅子当桌子，等我给你找张海报铺上。"

饭盒打开，菜看起来还是不错的。

女人又给她拿来一罐饮料，打开，放在饭盒边。

就这么一会儿工夫，身边几个队员就已经吃完了，大家都对她笑着，也不敢和这位不熟的小嫂子多说话，扯了纸巾，胡乱擦干净嘴，从 K&K 自己的饮料箱里拎出自己想要喝的，纷纷离去，入场看比赛。

于是，最后就剩下了她一个人，坐在这里，吃着吃着，吃着吃着。

好多啊，吃不完能剩吗……

上次就剩了……

会不会被嫌弃浪费啊……

纠结着，身边的椅子上坐下来了一个人。佟年抬头，看到是 Gun，左手捧着纸盒子打开，看了眼，再去看看她的："够吃吗？"

"够……"

明显这个配菜量少到不忍直视，换成他几口就能吃完。Gun 蹙眉，他不喜欢浪费，每次盒饭数量是按人数订的，于是，压根儿就没多余的一盒再给她加菜。他没再多想，索性将饭盒里的所有菜都拨到她那里。

佟年傻了："你不吃菜吗？"

男的哪儿有那么娇气，吃饱不就行了。

"这些菜不合我胃口，"他随口扯道，手里筷子去敲她饭盒的边沿，"尽量吃完，不要剩。"

"哦……"她继续含泪，低头吃。

Gun 低头，三下五除二将白米饭吃干净，合上，扔到墙角的垃圾收集袋里，整个过程都没超过五分钟，就回 VIP 观看区了。

佟年一个人吭哧吭哧，从比赛开始，吃到第二回合比赛，终于在大部队回来收拾东西时，沉重地合上饭盒盖子……

撑死了……

二队失利，小组第七，以倒数第二的小组成绩出线。

接连两天的成绩，大跌所有人眼镜。

整个回程路上，车内感觉都是闷闷的，到酒店也是。他给她订了个房间，她没过去，赖在他房里的卧室沙发上边玩电脑边听着他在客厅发飙，心情也低落下来，晚饭直接叫酒店餐厅送上来，大家凑合着吃了，继续开会。

这一开就到九点，稍作休息，他从客厅走进来，看到她抱着电脑，腿蜷在沙发上打瞌睡。看起来是半梦半醒间，小脑袋一顿一顿地频繁惊醒，连眼睛都睁不开，自动调整姿势，头一歪继续睡。

他看着她，思维稍微有些开小差。

不知道 Grunt 那些人平时都是怎么和女朋友相处的，这样的生活作息，高强度训练、比赛，女孩子基本分不到什么相处时间。

所以，佟年，你和我在一起图的是什么呢？

不管是接机，还是来随队比赛，吃的都是盒饭，没有娱乐，好好的周日就这么度过，不委屈吗？这就是常态，选手还有退役的一日，而自己除非退休，根本没有轻松的机会。

他走过去，弯腰，将她抱着的电脑拿走。

这么个动作，她被惊醒，迷糊着问他："开完了？"

"没，"他低声回，"抱你去床上躺着。"

她"哦"了声，搂住他的脖颈。

小小的手臂，软软地缠绕，让他安静下来，并没有像说的那样把她抱起来，而是顺着她的动作，闭上眼睛，用额头抵住她的头。休息一会儿。

酒店的卧室和客厅没有门，不可能做什么，就这么靠着，闭目养神也很惬意。

唇上有什么靠上来。

他知道是什么，就是没想到，会在此刻到来。

滚烫的。

她的手心贴上他的后颈，牙齿咬住他的下唇，然后再仰头。挣扎了十分之一秒后，他无声地接过她的索吻。

角度不舒服，他干脆半跪下来。

如果一个男人连自己想要什么都不知道，那纯粹是在敷衍，从第一次和她接吻，他就很清楚，再清楚不过，想要她。生活圈子不同没关系，共同语言也不需要，我做什么，你不用费力去懂；你做什么，也不需要得到我的同意。

清楚一点就够了。

你有多想得到我，我就有多想要你。

除了你，谁都不行。

客厅里，不知是哪个开了电视，各种电视节目跳来跳去地穿插着。紧张了一天的职业选手们在笑着吐槽，这个的脸，那个的台词，完全像是在参观另外一个世界的奇异景观。这时候，他们都是大孩子，从十几岁到二十岁出头的青春的、热血的、喜欢爆粗口的男孩子。

当然，他们显然知道。

卧室根本连灯都没开，可没人敢迈过来一步。

……

"干什么？"他笑，将她伸进自己衣服里的小手拉出来。

她茫茫然，轻喘着气……

根本不知道自己的手伸到那里去了。

"这东西，怎么系？"他在她后背的手，碰了碰那个。

还挺麻烦。

天啊……

佟年察觉到是什么松开了。

听不到……

我什么也听不到！

不知道……

我什么也不知道！

他拍她的后背，后者纹丝不动。不得已，他只能自力更生，从身后裤袋摸出手机，漆黑房间里，手机的灯光照亮了她白皙的背部。

他喉咙有些发干，有些舍不得移开视线。闭上眼，让自己冷静了会儿，这才咬住手机，用最快的速度，在屏幕的光线里替她扣上。

再将外衣拉好。

一系列动作做完，她还执着地挂在他身上。

"我出去了。"他嗓子哑哑地告诉她。

她不吭声。

"佟年？"

她仍旧不回应。

怕羞？

好吧……

但还是要出去，还有很多事情没处理。他投入太多精力在中国区，只有半夜的时间才能留给别的大区。Navi 和中国台湾俱乐部的人已经在投诉了——

可小女孩明显已经不想放手了。

他在长久思考后，终于有所行动。

也不管她是不是还挂在身上，双手直接扣在自己腰上，利落解开腰带。嗯？她傻掉，呆呆地往后缩，眼看他撤出腰带，丢到地上……然后，拉起 T 恤下摆。

？？！

她忙拽住他的衣服："外，外边，好多人呢……"

"没关系，让他们走。"

"……"

"今晚睡这里？"

"……"

"不好吗？"他的声音已经明显带了欲念。

"……工作重要……"

她手指紧拧着他的衣服。

千万不要……

还没心理准备啊——

终于，她听到了最期盼的——他的妥协。

"OK，"他低笑着，用额头碰了碰她的小鼻尖，"那，我出去了？"

"嗯嗯，"她忙不迭点头，"不用管我，真的，我自己玩，玩累了我回去睡。"

很好。

效果达到。

……

几分钟后，一众边对着电视剧吐槽，边祈祷房里那位能耽于美色不再出现的可怜蛋，就看着自家老大突然出现，完全来不及关上电视。

Gun挑眉："看得挺高兴？"

"没，这不中场休息嘛。"97飞速找遥控器，哪儿去了，都给我起来啊哥们儿，一起找啊！等死呢啊！众人都蹦起来，上蹿下跳地找。

"就看了二十分钟。"Demo嗫嗫。

"二十分钟？嫌少？"他走到洗手间，拧开水龙头，迅速往脸上泼了一把冷水，补充道，"乘50，下周每天训练时长。"

众人……

老大……我们错了！

不该在您和嫂子亲热的时候看手撕鬼子破坏气氛……

差不多凌晨一点。

她终于离开了他房间，回到自己的房间。

其实就和他在同一层，也是客厅、卧室分开而置的行政套房，她孤零零一个人洗漱完，穿着睡衣钻进被子里，觉得房间冷清极了。就这么翻来覆去到三点多，还是没睡着，可怜巴巴拿出手机，给他发了条微信。

她：喵。

Gun：……

她：我想你了。

Gun：想就过来。

真的？！

好棒！

她从床上跳起来，拿起门卡就跑了出去，连手机都没带，等跑到他门口，发现大门已经打开了，房间里却是黑漆漆的，没有开灯。她有些狐疑，凑过去，看了眼里边，客厅只有暗淡的月光，一个高大的人影走出来，将手机扔到沙发上，顺便看到了她。

在黑暗中，他对她招招手。

她开心地跑进去，看到他示意性地伸出双臂，马上就心领神会，嗖的一下跳了上去。

用力的手臂托住她。

白天在大堂里的姿势，让人很尴尬，可是此时此刻，这样的一个拥抱……她不好意思地搂住他的脖颈，轻轻呼吸着，感觉被咬住了耳垂。

"乖，你来吻我。"

他嗓音刻意压低，直白地告诉她。

……

她悄悄闭上眼。

在自己震耳欲聋的心跳声中，慢慢去寻找，滑过他的脸、下巴，再抬高一些。

终于碰到。

Gun 抱住她，有一搭没一搭地去回应着她还不算太熟练的亲吻，顺便走到门边，用脚将门关上。然后在黑暗里将她整个人都用力压在了墙上……

天亮之前，他将她放在床上，舒展下有些发酸的手臂，也躺上去，靠在了床头。

小孩腻腻歪歪地爬上来，贴紧他："你不困吗？"

他随口说："我一过三点就睡不着，要天亮补觉。"

好奇怪的习惯。

他随手打开德州扑克，开局："你20号生日？"

她不解他的意图，看他。

"豆腐没吃够？老看我干什么？"他懒懒地问。

明明都是你在吃——

她小声地嘟囔："那天不是分手吗……就没心情，也没过。"

"哦，分手，"系统发牌，他看了看自己手里的，还不错，估计要赢，"有什么愿望？"

"嗯？"她惊讶，"过了也能要吗？"

"可以，随便要什么，"他在黑暗中，有些坏地笑了声，"人也行。"

怎么总是色色的……

她红着脸，默默想了很久，手脚并用地爬到他腿上，趴在他耳边轻声问："想要……永不分手，可以吗？"只是他来广州的短短时间，她就能想他想到心脏疼，想到"分手"两个字就觉得，心一下一下地坠着，这么想着就疼。

Gun 原本以为她会让自己休假陪她，完全没料到是这样的一个回答。

阳台门敞开着，为了散去房间里的烟味、饭菜味和其他各种味道，他察觉手冷，随手扯过自己扔在床头柜上的运动服，遮住她散开的睡衣，什么也没回答。

这种不想离开的情绪，他也曾有过体会，好像要把所有的时间都冻结住，停在这一秒，没有过去，不见未来，在感情最稳固的现在，在彼此都最依赖、最健康的时间里长久地停留。

这样的深夜，只有两个人在有风的房间里。

莫名就有种相依为命的感觉。

佟年等待着，等待着，渐渐地有了些害怕。

他为什么不出声了？

漫长沉默后，他在犹豫："快了点。"

嗯？

什么快？

"很着急吗？"他开始加大赌局筹码，桌上几个人都选了退出。

嗯？

什么着急？

"刚确定关系——"他看了眼手机上的日期，"第三天？"

嗯？从周六到周一？好像是。

"嗯……"

"再议吧,"他琢磨着,十九岁好像不在国内法定结婚年龄之内,刚好三天,就上门让小孩转国籍和自己结婚?百分之百会被她爸妈砍死,"想个别的。"

起码……要多久?

Gun 对这个时间概念有些头疼,直接 all in,将手里所有筹码都扔了出去。

输了……

佟年傻傻抱住他手臂,脑子始终转不过来,刚才培养的那么一点点小情绪也被迷茫抵消了,压根儿不知道,自己的第一次"求婚行为",就如此再议了……

★★★★★★★★★★★★★★★★★★★★★★★★★★

次日清晨。

众 K&K 队员在十楼吃自助早餐,Dt 端了杯橙汁和一盆蔬菜沙拉就回来了。众人摆了一桌,97正一边往面包片上抹果酱,一边感慨:"中途被打断,我打赌,老大后半夜绝对是 machine Gun 一样的存在。"

有人秒懂,有人仍旧呆呆的。

啥意思啊这?

Grunt 邪恶笑笑:"知道老大以前玩的什么吗?余下的问队长去。"

"CS 啊……"不懂的几个小男孩转头,齐齐看 Dt,"machine Gun 是什么?队长?"

Dt 表情匮乏地看了眼他们:"机枪,可连发100不换弹夹。"

哦……

几个小男孩继续埋头吃饭。

吃着吃着,吃着吃着,突然,一个个抬起头,懂了!

第十九章

密室风暴

她跳下床，光着脚走出去，客厅空荡荡的，满桌子都是零食袋子、电脑、乱七八糟的纸扔得到处都是，仍旧没有人。阳台门倒是开着。

走出去，低矮的躺椅上，他双臂环绕在胸前，盖着自己的上衣。

在睡？

她慢慢走过去，蹲下来，开心地看着他，看着看着就爬上去……他刚睡十分钟，半梦半醒着，感觉身上有软软乎乎的东西贴上来，懒得睁眼，翻身，将两人位置颠倒过来："不要做这种动作，在早上。"

"为什么？"还和早晚有关系吗？

Gun 下巴搭着她肩膀，漫不经心地回答："会有反应。"

一句话，成功让小孩挣扎着跑走。

Gun 得逞，保持趴卧姿势，秒速沉睡。

可还没睡熟，小孩又蹑手蹑脚跑回来，戳戳他后背，他迷糊应着，听见她问，能不能拿走他一件衣服，他懒得思考，随口应了，似乎对她说了句，去箱子里自己找……

星期一，这里的比赛结束，他们晚上就要直飞三亚参加商业活动。他给她订了机票，差不多比他们早半个小时起飞，正好能一起到机场。

很巧，两个登机口相邻。

于是，在登机前，K&K 一众充分满足了关于老大究竟是如何谈恋爱的画面。

Gun 有些精神不济，将外衣盖在头上，大咧咧躺在椅子上补觉。佟年从早晨离开房间就抱着自己电脑，聚精会神做事情，不知道在做什么，但显然，已经废寝忘食到完全不顾自己那个登机口早就开始检票。

"好了！"她开心地拍拍键盘。

身边人一动不动。

她悄悄拎起遮住他脸的衣服，钻进去——

众人……

干啥遮着！

正常恋爱嘛！还不给看，真不够意思！

Gun 一把扯下衣服，坐直，完全是刚被吵醒的样子。佟年脸颊红红，举起自己的粉色小电脑，凑过去给他看："就是这个软件。"

"怎么用？"他垂眼，看屏幕。

众人竖起耳朵。

"牌总数52张嘛，"她轻声讲解，"第一轮下来，减去你手里剩下的还有50张，所以下一轮每张牌发出来的概率就是……"

众人窘，小嫂子在说啥？

只有 Gun、Dt 和97能听得懂，这是在算成牌和赢牌概率，但是五分钟后，97已经开始听不懂了。

"翻牌被对手全压，继续跟注……"到这里，Dt 已听不懂了，他不玩德州扑克——

"软件算的方式是……还要加上自己成顺和成花的概率……"到这里，97也听不懂了——

最后，只有小女孩认真讲，Gun 越来越有兴趣地听。

等到彻底讲完。

佟年根本不知道，身后众人已经用一种"大嫂到底在说什么"的膜拜眼神看着佟年一本正经讲解的背影。

"你什么时候会这个？"Gun 狐疑。

佟年红着脸，摇头："我不会玩，现在也玩不好，就是纯粹理论计算……就是，嗯，第二次见面时候你玩嘛，我就好奇，回去买了几本《理论与实践》《成牌法则》《我与扑克那些年》……"

其实就是做了个概率计算的小软件，想要你高兴，捂脸。

"喜欢吗？"她食指对在一起，抵在下巴上，卖萌求表扬。

Gun 挑眉，奖励性地摸摸她的小脸。

她马上摇尾巴！

虽然，对于职业选手来说，脑子里自有概率计算体系，都是常年积累下来的，远比这些软件实用性强。但是……他看了看身后众人，偶尔让大家在业余时间，参加比赛什么的，也是个不错的主意："最近攀岩玩腻了，内部搞几场德州扑克赛吧，"他手搭在椅背上，转身吩咐几个队长和领队，"玩得好，K&K 也可以投资办个每年一度的职业联赛。"

众：发生了啥？！

他看了眼佟年："这里刚做了个小软件，正好可以培养培养你们的概率计算能力。"

众：……概率是啥？？高中没学过啊……

众人猛扭头，心里喊道：队长！！

Dt 沉默。

这帮子人实在不适合动这种脑子，况且，里边很多人高中结束，直接就进电竞圈了，真让他们弄懂概率……最后倒霉的还是自己。

于是，Dt 终于有些行动，抬起下巴，指前面的登机口："快起飞了。"

嗯？

佟年回头。

电子表显示……还有五分钟？！她手忙脚乱地将电脑塞进背包，跳起来，就往登机口跑。几步后，又迅速折返。

Gun 还在琢磨投资联赛的事，看到她跑回来，扭捏地站在自己面前。

这一刻，脑海里，关于游戏的内容意外退散。

"我回去了……"她小声汇报。

他淡淡地应着。

伸出手，摸了摸她的脸，再滑到那小下巴颏，捏了捏。

"你还没说……喜欢呢。"她悄声提醒。

"喜欢？"他故意没听懂，"喜欢什么？昨晚？还是今早？"

……

她扭扭捏捏，双手攥着背包带。

"快去。"他松手，笑着拍了拍她脑后。

再不走，就要被满场喊名字了。

他就眼看着小孩恋恋不舍，一步三回头递出登机牌，走入玻璃墙，然后，是登机长廊，小身影渐渐隐去。五分钟后，飞机开始挪动……身后，他们的登机口也开始排起长队，嘀嘀的扫描声中，众队员拎起自己的运动背包，等着老大和队长先走。

Gun收回视线，从椅子上拎起自己的外衣，一言不发，带众人登机。

★★★★★★★★★★★★★★★★★★★★★★★★★

佟年晚上直接到学校，和豆奶吃了顿晚饭。

回到双人宿舍，行李箱往墙角一丢，将自己摔在床上。

滚来滚去，满脑子都是他，全都是，就这么魂游天外地想念许久，再次蹦起来，从行李箱拿出一件长袖T恤，黑色上衣银色K&K标志，他的队服。

用脸去蹭蹭，软软的，纯棉质感，还有他身上的味道。

不知为何，就莫名想到那天摄像头里看到的画面……不知道到三亚，会不会……

她有些担心，给他发了条微信。

她：你晚上……千万小心，不要再被人那啥了。

他没回。

身后，刚洗完澡出来的室友杜亚亚，一边擦干短发一边看她："回来啦？"她"嗯"了声，后者立刻察觉不对，瞪大眼睛指着她手里的衣服："等等！汉子的！"

"……"她不好意思地叠好，放回箱子里，小声嘀咕，"男朋友的。"

亚亚攥着毛巾，呆住了……这万年不开窍的小孩，怎么忽然就有男朋友了？！不对，等等，小脖子后边——谁干的！

"过来过来。"亚亚拉起她胳膊，仔细看了看，马上脑补了一万字……寒假中旬还见过，完全没男朋友的人，怎么忽然就这样了？

爱好《星际争霸》等一众游戏，对谈恋爱从未有任何兴趣的亚亚，彻底抓狂。

她没搞懂，亚亚为什么看自己的后背。

还伸出手，摸了摸："怎么了？"

亚亚咳嗽了声，顾左右而言他："来，来，给姐姐汇报下，你男朋友……多大？"

佟年想了想："二十九，快三十了。"

"哪儿认识的？"

"网吧。"

无业游民聚集地——亚亚慢慢地变了脸色："认识多久？"

她从没觉得亚亚这么八卦过，但满心也是想分享幸福，乖乖地和盘托出："过年见过，但没认识，后来在外地偶然见到，就认识了……然后，稀里糊涂就在一起了。也不对，不是稀里糊涂，是喝醉了出了点小事情，就在一起了。我刚从广州回来，就是和他一起去的，"她脸红了红，伸臂，抱住亚亚脖子，"亚亚，我特别、特别、特别喜欢他，真的——"

亚亚被她摇晃着，心都要碎了："在一起多久了……"

"三天，今天第三天，过了十二点就四天。"

三天就弄成这样吗……

酒后……

还马上就去广州住一起……

"他干什么的，"亚亚痛苦地闭了闭眼睛，"什么都行，别告诉我是打游戏的……"在网吧认识的，千万不要是不务正业就知道打游戏混日子的男人……

"就是打游戏的！"她松开亚亚，调皮地吐舌头，扮鬼脸，"比你打得好。"

说完，就心情愉悦地拿了衣服，钻进洗手间冲澡去了。

亚亚凌乱地站在原地，脑补出一个三十岁的中年大叔坐在网吧，手指夹烟，满嘴黄牙，笑眯眯地去抱佟年……天都要塌了。当初两人可是一路从本科上来的，虽然她在计算系普通班，佟年在电院少年班。

但多少大作业都是佟年一手挽救，让她这个沉迷游戏的大宅女能顺利保研……

不行不行！

不能看着她被个网吧大叔吃了。

三十秒后，亚亚做了个决定，虽然不太待见那个所谓的 ACM 队长，但也比大叔强，好歹是个身心健康的小书生。明天！明天就安排两人约会！至于那个老男人，看佟年满面桃花就知道深陷其中了，不能来硬的……要智取，用正常爱情转移注意力，顺便摸清对方底细，拆散之！

亚亚果断拟好作战计划，马上离开。

佟年洗干净出来，发现亚亚不见，有些奇怪。

Gn：怕我出轨？

她：……哪有，对手指……

Gn：晚九点，《密室风暴》，十三区，你的 ID 是 Lolicat，密码 hanshangyan。

佟年看着那个密码，反反复复拼了十几次，确定真的是他名字拼音后，兴奋地抱着手机，都不知道怎么回这条微信，可又想回些什么，直到——

Gn：开始训练。勿回。

哦对，这个时间是K&K的晚训练时间。

她乖乖收好手机。

亚亚很快回来，看到她捣鼓着电脑，在下载一款新枪战游戏《密室风暴》。枪战？！亚亚险些昏过去，这个《连连看》都不会玩的小孩，怎么突然就开始碰枪战了？不用说，绝对和那个中年大叔有关。她痛心疾首，但还保持着冷静，走过去："吃冰激凌去？"

下载时间需要七八个小时，显然赶不上啊。

加速插件？

对，加速插件。

佟年完全沉浸在自己的世界里，尝试各种方式加速下载，根本不知道身后人在邀请自己出去。直到亚亚把外衣和帽子给她拿过来，将她从椅子上揪起，迅速套上，拉她离开宿舍，她还在云雾中："去哪儿啊？"

"吃冰激凌。"

"啊？"三月吃什么冰激凌？

她糊涂着，跟出去，被带到离宿舍楼不远的商业中心，手工冰激凌小店。

店里两三个人，倒是有个她认识的——ACM队长，她笑起来："好巧啊。"大男孩忙不迭从椅子上站起来："是啊，好巧，你们想吃什么？"亚亚左顾右盼："我随便吧，对了，佟年，我鼠标坏了，先上楼买个。"

佟年"哦"了声。

等亚亚离开，她方觉不对。两人宿舍好多鼠标呢，都是她参加各种小比赛赢的，还有什么学生会、院办老师随手送的，用都用不完。

为什么要买新的？

不过她很快放弃思考这个诡异的问题，转而去反复思考，那几个加速插件能不能及时让游戏下载完成？于是整整一个小时的吃冰激凌时间，面前的大男孩找各种话题和她闲聊，最后都被她扯到加速下载的问题上……

等亚亚拿着个鼠标回来，看到两人讨论得热火朝天，站在玻璃门外的她不禁露出了欣慰的笑容，小子还不错嘛，看来有戏。

回到宿舍，亚亚开始了另一个计划，探听虚实："对了，你怎么忽然想玩《密室风暴》了？"佟年惊喜发现，下载完了！太棒了，还有二十分钟注册账号看攻略！"我男朋友在玩啊，"她乐得像捡到了金条，"他说要陪我玩。"

……果然。

亚亚装着无所谓："反正最近别的也玩腻了，听说这款游戏爆红，陪你耍耍。"

"真的？！"那太好了，正好有人帮自己，反正亚亚绝对不会嫌自己拖后腿！

"当然是真的，当初多少大作业都是你帮我的，放心，游戏里，把你全身心都交给我，"亚亚长叹口气，"我也不忍心看你被人砍杀啊，谁知道你男朋友是不是游戏高手。"

"真的，他真玩得很好。"她立刻为 Gun 正名。

亚亚咧嘴一笑："有多好？"

有多好？她想起那天发微博时，Grunt 说的话："本座级。"

亚亚差点暴走。

大叔你也真敢吹，能称得上本座级人物的，电竞圈压根儿就没超过二十个人好吗？！"那个……佟年，本座级人物通常用来称呼电子竞技选手的，引领整个游戏潮流，改变电竞游戏命运，留下无数经典战术，才能这么叫……"

"嗯，我知道，他一直很厉害。"能听到自己室友这么说，心底油然而生的自豪感让她超级满足，满足到只知道笑，笑得特别灿烂。

不是你家大叔，那位是吹的！

亚亚努力让自己冷静："任何一个本座级人物，都是名垂青史的，比如韩国星际，从 Boxer 开始的七八个本座，人家十几年才出七八个这种时代人物。"

"噢，"她听得认真，每句都记下来，"那 CS 呢？"

"CS……这游戏有点遥远，算是第一个世界范围大火的电竞项目。当时欧洲比较强势，但是我们也出过好战队，很棒，特别棒。主要是他们的贡献不只是对 CS 这个项目，还带起了国内整个电竞氛围，算是开山式人物。"

"Solo……战队？"佟年越听越激动，甚至，不太敢确定亚亚说的是不是 Solo 战队。

虽然就她从网上评论来看，和亚亚说的没什么出入。

但这么面对面，从好朋友口中听到这一句句，还是让她感觉不太真实。

"对！"亚亚也有些激动，"里边好多人都是我小时候的偶像啊！ Gun，Solo，Appledog，all，小米——"素来很霸气的亚亚有些收不住，觉得自己情绪太激动了，按住胸口长出口气，"有生之年，我一定要见到他们，一定要，这是点燃我游戏梦的战队。"

佟年有些不太好意思，也有些小骄傲地告诉她："我男朋友就是 Gun。"

亚亚真疯了……

大叔你吹牛也要挑个好冒充的好吗？！你说你骗个不会玩游戏的小姑娘，随便说自己玩得好，是职业选手已经很高大上，就不要冒充这种开山功臣好吗？！你冒充了，就为了占用人家的百度百科图个爽吗？亚亚站起身，马上又坐下。

冷静冷静。这小孩一直傻，除了读书啥都傻，不能怪她。

不对！还是忍不住啊，K&K 的老大怎么会出现在小马路边的网吧？！那个高冷到一塌糊涂，脾气坏到一塌糊涂的男人怎么会在三天就如此不管不顾，将这么个单纯的小姑娘吃干抹净？她捶胸顿足，看着佟年一脸满足样，默默将吐出来的血又咽回去。

晚上见分晓！冒牌货！

亚亚光速更新自己的密室游戏。

看到佟年的 ID 名，再次吐了口血，大叔你太猥琐了。还？ Lolicat？

没关系，反正一上游戏就知道。

这款游戏在全球巡回表演赛的时候，就把所有职业选手 ID 都内部注册、赠送了，想冒充 Gun，你倒是搞一个他的 ID 啊？搞一个啊？一边吐槽一边登录游戏的亚亚，和佟年并肩而坐，已经能想象到那位中年大叔上了游戏，将会如何使用"因为自己是本座级人物，不方便用大号什么的"借口……

登录。

连线。

等待聊天室建立。

佟年很快收到邀请，接受后进入小房间，很快，她按照亚亚教自己的，也对旁边的人发出了邀请。亚亚被气蒙了，坐在椅子上盯着屏幕好久，也没看到右上角的邀请符号。"亚亚，"佟年推她的手臂，"我给你发邀请了。"

哦，邀请。

好的，我来了。

亚亚呼吸呼吸，再呼吸，让自己保持头脑清醒，以便能顺利完成不动声色拆穿这个老男人的艰巨任务。

画面跳转。

小聊天室内，右侧，有5个账号在线。

亚亚瞄了一眼名单

？

？！

……Gun，Grunt，97，Demo……Gun，Grunt，97，Demo……Gun，Grunt，97，Demo……

……

猛烈的心跳，撞击着她的胸口，这是……做梦吗……

Lolicat：我室友也想玩，可以吗……

Grunt：没问题啊，Demo，你解放了。

Demo：好的！嫂子挥手，Demo 圆润地滚走了。骨碌骨碌。

系统：Demo 离线。

97："直接语音吧，嫂子，我开队内频道了，一会儿开局不太方便打字。"

佟年领会意思，将电脑屏幕上挂着的白色小耳机拿下来，戴上，顺便奇怪地看了一眼亚亚。她在发什么愣……刚才不是很期待吗？还一直在表扬Solo战队，怎么见到了反倒不说话了？

Lolicat："我刚才看了攻略，不太会玩，你们不要嫌弃我。但是我室友玩得好的，真的，别看她是女生，可从初中就开始玩游戏，比我强多了，强百倍。"

亚亚心想：跪求别再夸我了，和职业选手……尤其和顶级俱乐部K&K比起来我就是史上无敌第一游戏渣……啊……啊……

Grunt 憋不住，扑哧笑了："没关系，嫂子，好不好的，完全随意，随意，完全消遣。"

97："是啊，嫂子别担心，老大和我们在一块呢。绝对的，必须的，没有任何女性生物骚扰。"

亚亚终于听到自己的声音问："……你们，是，K&K的……吗……"

Grunt 打了个哈欠："暂时是，没准儿明年 SP 给的钱多，就跳槽了。"

97讪笑："嫂子同学好啊……啊，老大，嫂子上线了，还带个同学。"

他来了？佟年马上笑起来。

老大？！真是 Gun？！亚亚觉得自己要昏过去了……

佟年手握鼠标，屏住呼吸，等待他说话的声音。明明只有短短半天的分离，可满心满眼都是他，他手指滑过自己的鼻梁，笑着说"那就不分"；他在酒店大堂稳稳托住自己的身体，却有些不爽地说"快下来"；他跨上几级台阶，将自己的脚放在他腿上，低头系鞋带的侧脸；还有他在黑暗中将额头靠过来，抵住自己的额头，想要休息片刻……

还有……

那晚，他严丝合缝地将自己压在墙上，声音压抑在喉咙最深处："继续？"

......

耳麦里，Gun 似乎在吃着糖，含混不清地丢过来一句：“谁让你们开麦了？”

熟悉的，沙哑的，男人的，不太耐烦的，他的腔调。

占据了整个队内频道。

第二十章

本座

听起来语气很不爽。

97的声音开始结巴："嫂子……说要给我介绍女朋友，所以开麦让我们先聊——"

话没说完，频道彻底静音。

？

佟年有些蒙：我说要给他介绍女朋友了吗？

当然，很快，她的分神就被扭回来，系统已经开始自动配对对局的玩家。小房间内，被系统分进来的人全都一副亚亚的状态——

我是大神你懂的：我的娘……

脑残七号：我的亲娘……

杀拉拉：……K&K？？诸神降临凡间吗？？？

死拉拉：Gun？？？

卖女孩的小火柴：Gun神，请收下小的为您攒了十年的积分和膝盖！！！

……

在这群情激昂中，两人正在紧锣密鼓地私聊——

Lolicat：我选什么枪啊？

Gun：随便。

Lolicat：什么比较好配合你啊？

Gun：……

Lolicat：？

Gun：匕首。

Lolicat：哦哦！

……

太好了，原来自己最适合的武器是匕首。她欢欣雀跃买好匕首，那边公众聊天的对手们仍旧在刷屏。坐在她身边的亚亚终于找回了一点点魂儿，扯了扯她的手臂："你男朋友真是 Gun？"佟年点点头，咧嘴笑："没骗你吧，他打游戏特好。"

……

Gun 能用"特好"来形容吗？！

这个词对他来说弱爆了有没有？！

亚亚泪流满面，当初 Solo 战队是队长 Solo 和第一狙击手 Appledog 在一起，游戏比肩，天作之合，大家都还在 yy，解散的最终原因是 Gun 谁都看不上，就喜欢电竞女神 Appledog……现在看来都扯淡，人家 Gun 神压根儿不在乎女朋友是不是游戏高手……

别说高手了……

佟年的游戏水平她可是深有体会的。

亚亚定了定心神，手有些抖，扫了眼大家选择的武器，虽然看不到其余辅助小道具，但还是大概明白大家都走的什么路数，除了——佟年。亚亚蒙了："你就买个匕首？"佟年一本正经点头："嗯，我特地问过，他说就买这个。"

这是什么……玩法？

来不及多想，系统开始倒计时，系统自动分配伦敦城市地图。

画面跳转。

佟年眼前很快出现了被摧毁得一塌糊涂的战后伦敦，到处都是建筑废墟，她看着画面里的几个人，突然有些热血沸腾，要打游戏了，握拳，一定要好好操作！

97：嫂子同学，来，我带你。

Grunt：97，你东南，我西北，扫荡干净啊，别给我找麻烦。

97：去你小子的，你还别给我添麻烦呢，排行榜还没压过我，还嘚瑟。

Grunt：哟，有妹子在，硬气了嘛，万年小光棍。

……

亚亚有种要彻底昏厥的感觉。

这种能和职业选手一个队，看到内部互喷的情景，就好像……她突然进入了一个职业战队、职业俱乐部，突然离那个世界近了一步。作为一个资深电竞饭，她很快进入状态，强迫自己从激动的情绪里跳出来，努力跟上97的脚步。

都走了？

佟年歪过头，看了眼亚亚的画面，已经跑楼顶去了？

Lolicat：我们去哪儿啊？

Gun：开单独对话。

Lolicat：哦哦。

她接受Gun发来单独对话邀请。

耳麦里，听到敲打键盘的声音，好像？他不止在用一台电脑？在工作？

佟年小声问："能听到我说话吗？"

他淡淡地应了声："按照我说的，操作。"

佟年马上坐正："嗯。"

"看到你左边那个废墟教堂没有？"

"看到了。"

"走过去，到了告诉我。"

"嗯。"

她还不太熟练使用键盘走路，就用鼠标，一跳一跳地让人物走过去，很快到了地方："好了。"耳麦里，他似乎听出来了她在用鼠标："还不会用键盘？"

"……还不熟练……好像鼠标更方便吧。"为什么一定要用键盘？

耳麦里，他在漫长的沉默后，发现自己的任务艰巨而又极富挑战性。当然，挑战的是他自己的耐心程度："你面前有二十九级台阶，w是向前，空格是跳跃，同时操作是向前跳，一级级跳上去。"

这和上次玩的好不一样啊……

于是，直到游戏结束……
那些对手都没看到真正的 Gun 神究竟在哪个角落里做什么。

东南方，97带着亚亚遭遇三个敌人，展开殊死战，西北方 Grunt 成功草割两条命时，Gun 操作的那个人物就无所事事地端着把狙击枪坐在台阶上，一边不断调整视野角度，看看四周有没有闲杂人，一边指挥身边的小孩学习——

如何跳台阶……

二十分钟内，比赛结束。
小聊天室内，刚被残忍出局的玩家，仍旧热血沸腾在刷屏——
我是大神你懂的：求不踢……
脑残七号：求再来……
杀拉拉：……Gun 神真的在线吗？还是挂机？为啥刚才没瞧见？
死拉拉：Gun？？？求再来一局！！！
卖女孩的小火柴：我觉得 Gun 神在挂机……
杀拉拉：挂机也乐意啊！能碰上 G 帅和97，早就人品爆表了好吗？
脑残七号：是啊……被虐出爽感也是种幸福……
……

佟年咬着指甲在思考：为什么就这么赢了？顺便还在继续纠结，为什么一定要用键盘走路……虽然她已经学会键盘前后左右跑动、跳跃、投掷、前空翻、后空翻——
"亚亚。"她叫身边人。

"嗯嗯？"亚亚那亢奋劲儿，就差身后有个大尾巴摇来摇去了——

"为什么这款游戏要用键盘走啊？"她不太敢问 Gun，"之前我和……和表哥玩《GOD》，就是鼠标走路，不是很方便吗？"

好不容易习惯了怎么走路、怎么用技能……还以为自己起码是熟练工了。

没想到换了《密室风暴》，就完全不一样了。

又不敢问 Gun……

他一定会问自己当初玩的什么、和谁玩的。

那不就露馅儿了吗？搞错人追着 Grunt 玩游戏什么的实在太丢人了！

还莫名有种背着他红杏出墙的愧疚感……

亚亚"呃"了声，在思考怎么和一个游戏渣讲清楚这个问题："通常来说 DOTA 类游戏，什么《英雄联盟》《风暴英雄》《GOD》啦，都是鼠标走路，但这款《密室风暴》，就是键盘走路。"

她茫然："可明明鼠标也可以走。"

"是可以，但会玩的都用键盘，菜鸟和混日子的才用鼠标。《密室风暴》是拟真游戏，各种跳跃、前空翻什么的细节动作，全部是键盘操作，一个鼠标根本搞不定这么多动作。"

佟年……

"而到了《星际》《魔兽》之类的呢，鼠标的用法又不一样了——"

佟年继续……

亚亚默默地收起自己的讲述欲："总之一句话，游戏种类不同。"

"噢，"她认真点头，"那你一会儿玩 DOTA，一会儿玩《星际》，一会儿玩《密室风暴》，不会搞混吗？"

亚亚……

打了十几年游戏的人怎么可能搞混。

搞混的是你这种连游戏种类都分不清的妹子……吧……

很快，第二局开局。

Gun 那里好像开始了电话会议，提醒她关闭了语音。

他给她在电脑上敲下一连串的话，让她开始练习如何枪换刀、刀换枪、上弹、瞄准、射击、扔手雷……

她看得头昏，悄悄给他发私聊。

Lolicat：举手，能先提问吗？

Gun：说。

Lolicat：你会嫌弃我学得慢吗？

Gun：不会。

她有些感动，心底麻麻的，从没发现他能这么耐心——很快，Gun 又追了句。

Gun：没指望你学会。

Lolicat：……那……你教我这么认真干什么？

Gun：打发时间。

……

她视线里，亚亚和97已经配合得很好，虽然她看不太懂，但看两人各种奔跑爬楼、翻滚，时不时射击什么的就感觉好热血……这么看着，就有些沮丧，刚才挺高兴跳台阶的动力全没了，撑着下巴，就这么看着电脑屏幕等他电话会议结束。

过了会儿，Gun 似乎也发现她没有任何动静。

Gun：怎么不动？

Lolicat：在等你……

Gun：不喜欢枪战？喜欢加血？

？？

！！不可能……

她傻看屏幕。

他不可能知道啊，当初是和 Grunt 一起玩的，况且还一直用的别人的 ID。镇定镇定，一定是他随口问的，就像亚亚说的，游戏就那么几类，他随口问的。

于是，她决定装傻。

Lolicat：啊？……什么加血？

Gun 沉默。

过了几秒，丢过来一行字："喵，这里是鱿小鱼，请大家多关照。"

她猛地将头磕到桌子上。

连表情都不差分毫……

亚亚吓一跳："怎么了？被 Gun 神骂了？习惯就好习惯就好，据说当年和他玩游戏的队友……除了队长 Solo，没一个不被骂的。"

"没被骂……"

过了半天，她郁闷地从桌子上抬起头，一定是 Grunt 发现自己的密室の游鱼账号，联想到以后……告诉他的……

于是，她再次决定，不装傻了，要主动承认错误。

Lolicat：我就玩过三次……和 Grunt，我以为他是你……

Gun 没回。

Lolicat：我错了……

Gun 还是没回。

Lolicat：第一次玩，他把我砍死了……第二次他让我躲草丛……第三次，我给他加血了……但什么过分的话都没说过！从来没有！我发誓！

Lolicat：不要生气……

还是没回……

★★★★★★★★★★★★★★★★★★★★★★★★★★★★★★★★★★★

Gun 早就把自己的笔记本电脑拿到酒店套房，留了 Grunt 和97在训练房。刚才暂时离开，从冰柜里拿了瓶矿泉水，没想到回来，就看到她发过来这么多话……小孩是有多迟钝？没发现 Lolicat 就是根据她喜欢的那个骑着大猫的萝莉取的吗？

他站在书桌前，将矿泉水瓶放在手边，手指放在了键盘上，发过去一对一通话邀请。

当他发现小孩根本没搞清楚当初是自己用 Grunt 的账号，带着她玩过，顿时觉得这件简单的事变得有趣了很多。

于是接通后。

他第一句就是："怎么？你还和 Grunt 玩过游戏？"

"你别多想啊，千万千万别生气，真的什么事都没有。"

他笑，故意不回答，随手将脖子上的领带松开。赶回来太急，又是开会又是看她游戏，到现在才发现还被这一身衣服束缚着，很不舒服。

"我错了……"她轻声嘀咕。

"犯错没关系，"他低声诱导，"知道拿什么补偿错误，才是重点。"

……

漫长的安静后——

"你说吧，"她小声妥协，"只要……我能做到。"

★★★★★★★★★★★★★★★★★★★★★★★★★★★★★

一晃周六。

佟年整整五个深夜都在辗转难眠中度过，因为——他周六就要回来了……

当她坐在大型游戏动漫展的东北角的嘉宾签名展台，攥着笔，埋头苦干的时候，仍旧满脑子都是"他要回来了，他要回来了……"的念头。

整个人兴奋得要飞起来……

可一想到那晚答应他的事，又立刻脸红红的，有些怕他回来。

签名的长队一眼望不到头，主办方都很奇怪，为什么突然这次来了这么多人，后来发现……半数人都拿着什么 K&K 的队服啊，K&K 的宣传册啊，站在队伍里，终于忍不住低声问："站错了吧……签名那个是翻唱圈的……"

"没错没错，"小男孩呵呵笑着挠头，"想找 K&K 老板娘签个名……"

主办方的姑娘："……"

虽然她不太了解电竞圈，但也有听闻，貌似最近最热的八卦就是，这位超级有名的密室的游鱼大大，找了位更加有名的男人……具体多有名，她是真心不了解玩游戏的那伙人。只是不停看论坛八卦，各种信息，好像特别热血的样子。

拿过世界冠军？还不止一个？还拿过什么个人 MVP？还是顶级竞技俱乐部老大？

……

忒玄乎。

小姑娘转身，想要数一数人数，盘算下是不是要卡在多少人，以后的就拒绝签名了。否则……估计展会结束，这位人气嗷嗷高的嘉宾的手直接就断了……

佟年仍旧埋头苦干，桌子上，还有椅子周围，各种可爱小礼物堆满了。

签签签，签签签……

突然，一大捧花放在她的面前。

她茫然抬头，不认识。

"女神……"男孩子咳嗽了声，将自己外衣解开，露出衬衫胸口，"签这里行吗？"

"啊？"她傻了。

这么多人看着……

"我从初中就听着你的歌过来的，绝对的铁杆粉……"男孩各种央求，她不知道怎么拒绝，最后只能起身，默默地、飞快地在他胸口签了名字。

然后赶紧坐下，继续埋头，签签签，签签签……

递出去碟片，拿过来碟片，递出去碟片，拿过来碟片——

有男人伸出手。

手指修长而骨节分明，就这么随意搭在了桌边。

她下意识抬头——

从手，到手臂，到腰，往上，是黑色纯棉长袖 T 恤……他有些吊儿郎当地斜挎着一个很大的黑色运动背包，外衣就搭在运动包上，右手插在裤子口袋里，单臂搭在桌上，倾身靠近，用一种近乎耳语的声音说："小姑娘，人气挺高啊。不是说喜欢我吗？怎么连给人签胸口都这么痛快答应了？"

……

她微张了张口，傻了——

不是说晚上才到吗……

签售台前的所有工作人员，还有他身后，那望不到尽头的长队，一秒陷入死寂。

这是……

第二十一章

我喜欢你

"你……怎么进来的？"她喃喃着，不太敢相信。

想进来还不简单吗？

这游戏动漫展，大部分游戏厂商都和他很熟，跟着过来，两三句话就让工作人员放行。想要插队好像没什么困难吧？当然，和小孩这么说就没意思了。

他直接忽略掉这个问题，手指从她的手背滑过："你继续，我随便转转。"

她手背一阵发麻，差点拿不住笔。

他直起身，没事儿人一样。

走了……

身后几个游戏的市场总监跟上去，在他身边商谈着未来的商业代言活动，还有需要K&K俱乐部支持的市场活动……队伍里，不少小姑娘拿出手机想悄悄拍一张，都被工作人员制止了。这位大大签售，一贯都是禁止私拍私传照片，所以工作人员理所当然地认为这位大人的家属，肯定也不能被拍。

而签售台那里，她还傻傻呆在那儿。

"殿下，"身边后援会的小头目，激动得脸都涨红了，激动地扯着她的袖子，"殿下，太帅了！你男人太帅了！"

"嗯……"她厚颜无耻地附和。

真的好帅……

然后，猛低头，拼命签签签，签签签……

快签完快签完。

……

而会场的另外一侧，很多游戏玩家也认出来，K&K俱乐部的老大出现在这个展会上。毕竟连平时的商业活动他都很少随队出现，大家围观得很是热闹，可有提出合影要求的都被回绝了，只能拿出手机，偷拍几张。

最后，他实在逛得无聊，在《密室风暴》的工作区坐着，边低头玩手游，边听身边几个其他游戏的市场总监说着未来规划。

"啊，"《密室风暴》的那位总监，突然一个灵光，"我说怎么总觉得你女朋友眼熟呢，好像，有人推荐她做官方COS。"

Gun手指一顿："什么东西？"

"就是我们要出官方COS，宣传嘛，"市场总监掏出手机，给他翻看一些试镜的照片，"就这种——"那种游戏COS，都是长腿大胸路线，尤其枪战游戏，女性角色COS简直就是"性感"的代名词。

那人翻着翻着，发现……

呃——

那人讪讪地收回手机。

Gun的脸色已经非常不愉快了，懒得回应什么，简直是一个字都不想评价。这都什么和什么，平时不关注这种，怎么现在一看都这么暴露？他蹙眉，不知道小孩什么时候迷上这种角色扮演的东西，可一联想她喜欢穿的那个什么袜子，还有各种大蝴蝶结上衣……

"我好了！"小孩气喘吁吁抱着包，跑过来，"你还要谈事情吗？"

他拎起运动包，斜背到肩上："走了。"

"噢。"她乖乖跟上。

顺便，悄悄瞄他。

怎么了？

结果，刚才成功拿到这位人气嗷嗷高的密室的游鱼签名的粉丝们，就眼巴巴地看着自家大大，低着头，一路小跑地跟上前面那位超级无敌大帅哥的脚步。欸？大大主动伸手去拉他！攥住啊攥住啊！没拉住？！

为什么这么对我们大大？！

欸？停步了停步了，哇塞，抓腕子了！

欸？……

大大太矮了……

平时不觉得这么矮啊……

怎么感觉是被拎走的……

佟年被他拎到车上，坐在副驾驶位上，还在揉自己的手腕。主要是戴着东西，硌得太疼了，她偷偷瞄了他几眼，后者没什么表情。

车钥匙扔在手边，解锁，启动。

手刹松开。

油门一踩，直接走人。

这种安静维持到两人回到 K&K 中国区总部，进门，跟着他一路穿过会议区、训练区，直接走向公寓区，走廊尽头第一间……他的房间？她眼睛眨啊眨地，耳根热乎乎地，有些慢吞吞地跟着他走了进去。

第一次进来，是黑着灯的，而且……

是两个人靠着墙在腻歪，虽然最后被扔到床上，也迅速就昏睡过去。

完全不知道他在 K&K 的公寓，究竟是什么样子。

她环视一圈。

仍旧是深蓝与黑的主色，就是比他家简单太多。单人床靠着墙，床上扔着很多衣服，乱糟糟的，对面墙边，四台电脑依次排成一排。没有地毯，没有任何装饰，倒是有很多游戏机、手柄、杂志。

Gun 随手把行李袋扔到墙角，将转椅拉过来，坐下，对着她拍了拍腿。

佟年咬住嘴唇，将自己的双肩包放在电脑桌上，显示器前，走过去，刚做出要坐下的姿势，就被他按住肩膀，牢牢按下去。

……

她微微扭动着，想要找个舒服的角度。

可这种动作——

Gun 微眯起眼睛，有些本能的东西在复苏，想要亲近她的感觉在苏醒。他的手在她腰上收紧，脸凑近：“说吧。”

……

真的要说吗？

"我给你数着。"他补充。

腿上坐着的小孩，继续扭动着，缓解她自己的不安。他向后，整个人放松地仰靠在座椅上，将她的腰也向自己这里搂了搂。闭目养神。

温热气息，很快出现在他的锁骨位置……

"我……"

"嗯。"

"喜欢你。"她的脸火烧火燎着。

"继续。"他手从她背脊滑下来，单手将她的身体向上托了托。

"我喜欢你，韩商言……"

佟年身上有些热，燥热的，又有些软："我喜欢你……"

"嗯。"他腿稍微用力，将椅子向后移动，随之反手，"哗"地拉上窗帘。

房间转暗。

他这几天心情都很差，就在爆发的临界线。

在展馆看到她时，表现出来的轻松和调侃，都是掩饰，浮于表面。

他抱起她，走到床边，俯身放下她，然后将胡乱扔着的几件衣服都扔到角落："继续。"佟年躺下去，轻微深陷。她紧张地挺直了背，早就忘记还差九十七遍重复的"我喜欢你"。

"紧张什么？"他的手从她后背滑过，抽出件黑色短袖，也丢到床脚。

OK，收拾干净。

单人床，很不宽敞。

他将她抱在身下，压上去。不宽敞其实也不错。

身下的小孩已经浑身僵直，一副英勇赴死、大义凛然的表情……他忍不住低笑了声："想什么呢？我坐得累了，躺会儿。"

才不是，明明你手在乱动……

他笑，头靠在她的颈窝，就这么把她当作一只抱枕，安静着，不动了。她心惊胆战地等了很久，等着，等着，就觉得他呼吸声变得轻缓而柔和。

睡着了？

……

不是吧？她想要看他，可他的脸在自己肩上，看不到。

"没睡着。"他的声音有些沉。

"你是不是……有什么不高兴？"她轻声问。

他没回答。

她伸手，摸了摸他的脸："韩商言？"

他还是没吭声。

她翻过身，丝毫没察觉自己腿放在何处："刚才还说没睡着……"

戛然而止。

他突然探手进去。

……

在三亚和过去的那些朋友大吵了一架，是的，这次归来，他想要重新找回从前战队的所有人，想要给他们一个可靠的安全的未来。如果当年战队解散那天，自己能不意气用事离开中国，凭自己一个人，慢慢也能带出新战队……

不停地比赛，获得荣誉，让所有队友的名字刻上奖杯。

名留青史什么的，他根本不在乎，这世界上有没有人记得 Gun 这个名字，无所谓。当初每天被自己骂得狗血淋头的小孩们，有多少期待，他不是不知道，就因为知道，所以每天就是骂骂骂，恨不得每个人都比自己强……

可是——

他咬下去，小孩呜了声。

如果 SP 照顾不好他们，为什么不交给 K&K？

无法遏制的，渴望的，想要的……

他抓住那两只纤细的手腕，压在她头顶上，攥紧，整个人安静地看她。上衣早被自己扯开，凌乱的，可视的，所有一切……他努力平复着呼吸——

忽然松手，直接翻身，将自己重重摔在地板上。

他仰面躺着，看着天花板上的 K&K 巨大标志，光着的背脊都贴在冰冷的地板上，沉重地喘息了半分钟，跳起来，看都不敢看床上的景象。

抄起上衣，摔门而出。

在门被撞上之前，床上的人唯一干的事就是，装死。

她不停喘着气，脑子茫茫白，茫茫白……白茫茫。

砰的一声后，房间归于寂静。

她终于慢慢伸出手，悄悄地扯住身下的床单，滚了滚，直接缩进去了。那个呢那个呢，哦，对，胳膊上……她蒙着床单，深呼吸深呼吸，可还是手指有些软，没力气。

等到彻底穿好衣服，终于把头从床单伸出去——

呃，真走了？

不会生气了吧？刚才踢了他几脚，膝盖好像也，呃，会不会疼啊？

好像那个地方挺脆弱的……吧？

佟年长出口气，挫败地坐在床上踌躇。

怎么办……

说好要陪他一辈子的。

她用手摸摸胸口，本想压制过于急促的心跳，一个画面突然蹦出来——竟然用咬的！她猛栽倒在枕头上，像只煮熟的虾子，从里到外都在冒热气……

★★★★★★★★★★★★★★★★★★★★★★★★★★★★★★★★

Gun 走出房间，还拎着 T 恤懊悔。

太他妈不是东西了韩商言！

他焦躁地边走边套上衣服，走出十几步，忍不住狠狠踢向墙面。

迎面几个笑嘻嘻正要招呼的小队员，一个个呆住，全然不敢动，装死、装空气，随便装什么，装那个被踹的墙都行，就是不能被老大发现。

Gun 压根儿没看这几个小孩，擦肩而过，一言不发离开了 K&K 总部。

去地下车库，开车直奔市中心的商场。

走到地下一层，开始一个个柜台看过去，一样样买过来，泡芙、马卡龙、布丁、草莓蛋糕……最后开了一沓单子去刷卡时，连收银小姐都认为这个大帅哥是要在家里开幼儿园小朋友的家庭聚会。

根据他可怜的那么点养宠物的经验，把猫惹急了买点它爱吃的鱼肠是个很好的方法。他实在没什么哄女孩经验，好像过去 Solo 有钱就喜欢给 Appledog 买各种稀奇古怪、奇贵的零食……两个经验叠加，就做了这个决定。

东西搬上车有些费劲，搬上楼更费劲。

主要是平衡性不好掌握，怕盒子里的蛋糕都翻掉。

半个小时后，他重新站在自己宿舍门口，突然想到一个问题，万一小孩自己跑掉了怎么办？去学校找？还简单点。要是跑回家……他想到自己曾经刻意要让她父母厌恶的那些举动，有些……束手无策。

竟会束手无策。

这种稀罕的词蹦出来，让他自嘲地笑笑。

摸出门卡，刷开。

推开房门的一刹那，看到小孩无所事事地撑着下巴，在摆弄他的电脑。床角丢着的衣服，都被叠起来，摞成一摞。

很好，看起来……状态很好。

他草草扫了眼电脑屏幕，发现是网页，也就没再多看。

"你回来啦？"她偏过头，萌萌地笑着，很是羞涩。

很好，看起来情绪也不错。

他将一堆粉红色、红色、嫩绿色……还有各种一看就是小姑娘喜欢的颜色的包装盒放在悬窗上，沉默着，走过去，弯腰，抄起她的后背和腿，抱起来。

然后，换自己坐在椅子上。

她落在他腿上的一瞬，手臂立刻环住他的脖颈……

"我心情不太好，在三亚，和过去的朋友吵了一架，差点动手。"

"嗯……"她觉得这个姿势不太方便，调整坐姿，跨坐在他腿上。

他蹙眉，这种姿势……"在展会，听人说你要做游戏 COS，也不太爽。"毕竟那种 COS 服实在太暴露了，她身材又太好，实在不适合这种代言。

"噢……"她目光闪烁，"你吃醋了。"

……

他觉得不太对。

这种感觉……

他迅速在房间里找一些证实自己猜想的东西，然后，成功在垃圾桶里看到了两个易拉罐，啤酒的。那小身体已经严丝合缝地紧贴在他身上，他想往后躲，没空间了……

冷静，韩商言。

冷静。

很好，避开她前胸，尽量避开。

柔软的，青涩的，她的嘴唇，还有那双小手，在他上脖颈和锁骨磨蹭，顺便轻声嘟囔："我……不太会，上网搜了下……"

Gun 用几秒的时间，体会清楚这段话背后的意思，再次，扫了眼电脑屏幕。

他闭上眼。

下一秒，就感觉有温热压在自己紧闭的眼睛上。

左右各啄了下，然后是鼻梁……

他一动不动，尽量让自己不要有这么多感觉，还不能躲得太厉害，小孩太玻璃心……这次绝对不能乱来了，起码要等真的确定了，或者……干脆订婚，到那之后再说。

"韩商言，你，你是第一次吗？"

……他真不想搭话。

但鉴于她酒后还都能记得清楚，还是回答比较好。

于是，他迫不得已、很低地"嗯"了声。

因为这句话，她傻呵呵地笑了，吧唧亲了他嘴巴一口："我的。"

……

傻呵呵笑完，她就很快按照攻略，想要去扒他的上衣。

Gun深吸气，用手肘压住自己的衣服，不让她脱，结果下摆被撩起来，她的小手直接就摸上去，捏了捏，揉了揉："舒服吗？"

他要暴走了。

不能扔，扔了又要哭，要赶紧想办法，想个能吸引她注意力的方法。他睁开眼，想要迅速寻找对策，做个决断，脱离这种困境，没想到睁眼的那刻，看到她乖乖地低头，一本正经地解开衬衫胸口的蝴蝶结，接着解扣子。

他几乎同时攥住她的手，哑着声音制止："别闹了。"

攥住手的一瞬，指尖也碰到了不该碰的地方，他沉默着、压制着，让自己不去看她已经摆下的迷魂阵，后者偏还有些茫然，模糊地思考着，是不是顺序不对的问题。

呃，对，网上攻略也有不脱衣服的……

她点点头，脸红透了，再次搂住他的腰，有些忐忑地咨询他："那个和……崴脚一样？还是和骨折一样疼？"

……

问出的话，轻飘飘地掉进空气里。

……

她身上的味道太诱人了，他想要将脸埋在她的长发深处，那小小脖颈的后边，最香最软最让人想要留下些什么的地方。如此想着，也就靠近了那个属于他的地方。

顺便提醒自己，打住，一切到此为止……

心跳跃的动静，越来越大，沉重，闷得有些疼。

"韩商言，"她仰头，被他亲得有些痒，"我喜欢你。"

喜欢到恨不得一天有二十五个小时能和你在一起。

就黏着你，看你生气，看你笑，看你发脾气，看你认真工作……

他闻着她的，属于自己的味道，用几乎不能听到的声音，回答她：“听到了。”

我是你的，迟早都是，别这么着急……你还小。

话被压在心口，说不出。这种话，他这辈子都不可能说出来。

但已经想过很多次，在三亚的数个深夜，他看着小孩们训练的某些时刻，在无聊地参与商业活动的某些时刻，甚至在吃早餐，提前赶去机场的路上，还有在赶到展会远远站着看她签了半个小时的名字，时不时转动手腕，继续埋头苦签的时刻……

“对哦……”小孩的手还在很认真地按照攻略，在他的衣服里摸着，有些羞答答地，体贴地问了句，“你要先看看攻略吗？”

……

“……没必要。”

第二十二章

大忽悠

他觉得有必要给小孩普及个常识：

男人对这种事，大多无师自通。

尤其是成年男人。

舌尖在她耳郭上打了个转儿，咬下去，小骨头很软，在他的齿间来回滑动。

一道电流蹿过她全身，直到脚指头尖尖都酥了。

"这是本能，知道吗？"他的声音，像磨砂纸上的刀。

钝钝的，一下下，擦过去……

擦过去……

她的腿夹住他的腰，不停挪动着坐的位置。靠近，远离，说不清舒服还是不舒服，骨头酥得要断掉的感觉……

啊……呀，坐到那里了……

她蒙了……

他一瞬肌肉绷紧，下巴颏狠狠抵住她后肩，兜住她的腿，将她腾空抱起来。

……

喝了酒就急躁，急了就什么都想要，可又不是真清楚，要来的究竟是什么。

那些在浓情蜜意时互相取悦的身体行为，可不仅仅是文字描述出来的简单画面……

她被抱起来，扔到床上。

"现在就睡觉。"

……

"我没生气，不会分手，听懂了吗？睡觉！"

棉被从头到脚盖上来，连脸都被蒙起来了。

她继续……

于是，K&K 刚才抵达的去三亚参加商业活动的队员们，就看到老大气急败坏地走出宿舍，狠狠撞上门。众人看着上衣各种褶子，长裤腰带都松了的老大……

呃，连嫂子充满爱意的啪啪啪也不能平息老大在三亚的挫败了吗？

★★★★★★★★★★★★★★★★★★★★★★★★★★★★

再醒来，天已经彻底黑了。

佟年在床上摸来摸去，想要找自己的手机看时间，顺便回忆自己怎么睡在这里的，然后……惊坐起，还披着被子，就想逃了。

偏在这一念起，她看到黑暗中，他就在床边椅子上靠着休息。

……

她不敢出声。

迅速系好上衣纽扣，蝴蝶结。

然后蹑手蹑脚地爬下去，光着脚，找了半天鞋子。

"醒了？"他眼睛都没睁，就丢过来一句话。

"嗯……"她多一个字都不敢说。

太可怕了。

就……

没做就这么可怕了……

太可怕了……

Gun 长长地呼出一口气："你妈打了四十七个电话。"

"啊？"她脑子没转过来。

"我没接。"接了肯定被砍死。

"哦……"她木然点头。

"但是你接了。"

"啊？"

Gun 把手机递给她，意思是让她回忆下，她都说什么了，才导致紧接而来的四十七个未接来电。醉酒还记得起来，可是醉酒加深度睡眠……她想了半天，终于找到一星半点的意识，好像："说我在你这里睡觉了……"

用词……挺纯洁的吧……

他就知道——

Gun 抬起下巴，指了指洗手间："去洗脸，我送你回家。"

佟年"噢"了声，下床，穿鞋，乖乖钻进洗手间。Gun 开灯，原地转悠了一圈，挑了几件看上去比较正经的休闲衬衫、上衣、长裤……

迅速从下到上开始换。

等佟年出来，正看到他背对着自己，看着窗外的夜景，在穿衬衫，还没系纽扣……嗯？已经换了一身衣服吗？

他回头，看了眼小孩。

表情寡淡地开始一粒粒系上纽扣。

佟年咬着嘴唇。

原来他习惯从下到上系啊……不会系错位吗？

呃……好吧，应该不会。

系到第二粒了，最上边的，没系。

然后，是袖口……

她看得自己有些脸红，垂头，从床脚找到鞋子，穿好，将双肩包背上。脸红地站在原地，眼睛垂着，还是忍不住再瞄一眼……第一次看他穿衬衫。

黑色的，真好看。

他拎起外衣，拿了车钥匙和手机，走过来，揉了揉她的头发："这不是项链吗？怎么戴手上了？"从带她回来，就各种鸡飞狗跳，都没注意她腕子上还缠着这东西。

嗯？她顺着他的话，想起自己绕在腕上的链子："这个吗？太长了，戴在脖子上不好看，缠在手上挺好的，正好四圈。"这可是他送给她的第一个礼物。

为了戴这个给他看，漫展前她还特地回家去取。

他"噢"了声："喜欢吗？"

"嗯嗯。"虽然有点长……

Gun 原本都忘了，看到这条链子终于记起自己今年的损失。

基本上一条不知道谁戴过的古董项链，让他这两年的存款都告吹了，全部打到了阿姨账上。K&K 在中国这两年本就刚起步，在亏钱，幸好全球在盈利，否则真也要连裤子都当掉了……

就是这条链子，让他尝到了当初漂泊在中国，和家里断绝关系时的那种——勒紧腰带过日子的感觉。

不过看小孩的样子，倒是没说谎，估计女孩天生喜欢这种亮晶晶的东西？

他没再关心这条项链，带她离开 K&K 总部，开车直奔她家。

在路上，他让佟年给父母打了个电话，说要和自己一起回去解释。佟年按照她的吩咐做了，挂断电话后，有些小忐忑——

好像爸妈都挺不高兴的，他……有这么差吗？

怎么一个劲在电话里问，不是分手了吗？为什么还没分手这种问题……

很快，抵达目的地。

停车，拿上车钥匙，下车。

两人一路步行，走到她家门口，Gun 拿出手机，调了静音。然后，在空荡荡的楼道里，他告诉她："等会儿我无论说什么，都是真的，懂了吗？"

她茫然。

他琢磨着，她说谎话的技能实在匮乏，于是，揉了揉她的头发："不要说话，不要否认我说的话，只能点头。"

她"哦"了声，被他搞得越来越紧张……

她掏出钥匙，打开门。

客厅里，爸妈都站起来，妈妈很快走过来，将还没来得及换鞋的她拉过去，低声说："太让人担心了，不是说分手了吗？怎么突然就……"爸爸咳嗽了声："年年，上楼去。"

啊？

不要……

她低头，不肯动。

万一我上楼，你们为难他怎么办？

本来他在家里就一直被排挤，不太受欢迎，总被欺负，连朋友都没有，要是连我们家都欺负他……

她小声嘟囔了句："你们说什么，我听着，不说话。"

这件事终归是她的事，爸妈看她的样子是很坚持要听，也就默许了。

"小韩啊，"爸爸还算和气，"鞋就不用换了，直接过来坐，我们好好谈谈。"

他将车钥匙塞进裤子口袋，神情严肃地走过去："非常抱歉，叔叔，阿姨，还是我先说吧，你们请坐。"

爸爸说也好。

爸妈对视一眼，反正都要经过这个程序的。

先摸清楚情况，再看看两个人的态度，反正在一起没多久，两个人做的事情、生活圈子，还有年纪都差很多，总不会长久。但最好，今晚就表态了，不支持，坚决不支持两人在一起，刚认识多久就睡在一起……这韩家大儿子真的太轻浮了。

他看到两位长辈坐下，这才跟着坐在沙发上。

他坐的位置，正好可以直视他们。

沉默，十几秒的沉默后，他双手交叉，放在腿上，整个人的坐姿都有些沉重，看上去满腹心事，有很多话要说的样子。

这种状态，让客厅的气氛都凝固了。

"我和年年的事，或许和两位长辈想的有些偏差，"他的声音沉稳而又冷静，"大概……在前年，我刚回国创办 K&K 俱乐部，在展会上见到她，一面之缘，再也没能忘掉。"

她……

不是春节前才遇到吗，还是我追你……

"可惜人海茫茫，再难相遇，"他嘴角浮现一抹苦笑，"万幸，今年我带队去杭州比赛，她恰好去参加漫展，真的有机会认识。说实在的，当时我真的很激动。你们可能觉得我说得有些夸张，一个快三十岁的男人，怎么和毛头小子一样。但请相信我，这是真的。"

她……

明明是我很激动，你理都不理我……

"年年她……一开始不太接受我的年纪，比她大了十岁。所以才有了年夜饭那晚的状况，对隐瞒你们的事我始终很内疚。当时……年年还不想承认我的存在，我也就没敢贸然登门。"

他说完，陷入了更深的沉默。

佟年……

爸妈也有些沉默，就一直听说韩家大儿子不肯结婚，还以为是被家里惯坏了，好玩成性，没想到……从没恋爱过？这倒挺让人意外。

妈妈摸了摸佟年的头发。

其实再想想，韩家这孩子除了年纪大点，也没什么太大问题。

"过去我眼里只有事业，不立业不成家。但遇到年年以后，除了她，什么都不重要了。"

她继续……

"这次，我在广州带队比赛，她忽然又提出分手，我挺崩溃的，特地赶回来。所以……就有了今天的事。我把她带到俱乐部，是想和她说，如果她真的不能接受我这么忙，我愿意把所有股权转让，彻底转行。为了她，我愿意放弃一手建立的 K&K。"

她完全无语……他到底在说啥……

他说到这里，终于有勇气抬起那双漆黑的眼睛，直直地望向她的父母："她还小，我对她来说，可能就是一场恋爱，但她对我来说，已经是生命的一部分。所以,我把她送回来,擅自登门说了这么多话,只想要一个机会:如果她真想分手,我二话不说,立刻消失;如果她能再接受我,请叔叔阿姨放心把她交给我,我会用一生对她负责。"

所有话说完。

他站起身,郑重其事、神情肃穆地看着佟年的父母。

好像在等待最后的审判。

佟年妈妈忍不住又看了眼呆若木鸡的佟年。

韩家这孩子,也真是痴情。唉。

佟年爸爸咳嗽了声:"虽然不太能理解用游戏做事业……但听说,你做得还不错? 新兴产业嘛,投入时间、精力是要多一些。"作为一个男人,佟年爸爸虽然觉得,为了女儿放弃事业有些动容,但男人嘛,没有事业何谈安全感、自信?

这孩子,其实还挺有个人魅力的。

当然,是从男人角度来看。佟年爸爸又咳嗽了声:"只是,我想问下,你未来的发展,主要是在哪里? 听说你公司总部在美国?"

"中国,"Gun 答得很痛快,"这个请您放心,我会一直在国内。"

那就好。

父母两个对视一眼。

佟年妈妈慢悠悠地叹了口气:"年年还小,先谈恋爱吧,也别说什么一生、一辈子的,小孩们在一起不要这么大压力。以后的事……你们两个看着办,自由恋爱嘛。"

佟年心想:发生了什么……

客厅里的气氛活络起来。

她仍旧傻坐着,就记得 Gun 要自己不要说话,只许点头。于是,在父亲大人和他了解游戏产业，母亲大人起身去倒茶水的时候，她只能坐在沙发上，一双大眼睛眨啊眨的……

十分钟后，父母的意思是，两人可以上楼单独去谈谈。

余下的他们就不干涉了。

佟年点点头，还是没吭声，呆呆地带着他上楼。

Gun 跟着她，一级级台阶走上去，等她推开那扇白色门，和她走进去，反手关上门的第一件事就解开衬衫的领口。

外衣脱下来，环顾一周。

忍不住，挑了挑眉。

和今天买的那些点心的包装盒一样，家具、用品、装修都是那种小女孩偏爱的色系。这种地方待多了……不会眼睛疼吗？

"你爸妈……是不是特宠你？"他随口问。

"嗯，"她有些不太好意思……将沙发上的大娃娃都放到床上，"我妈三十六岁才怀的我，据说生的时候，也特别不顺利……"

这是，他们第一次说到这种话题？

Gun 沉默着。

完全不像是刚才在楼下的侃侃而谈。

她有些踌躇："我现在可以问问题了吗？"

"说。"他将外套扔到沙发上，坐下。

"你真的两年前见过我吗？"

"假的。"

"那……在广州……"

"假的。"

"那……"佟年瘪瘪嘴，"年夜饭时，你说为了小白，才让我配合做你女朋友……"

"也是假的，"对她，他倒是绝对坦诚，"那晚情况特殊。"

要是不承认两人在一起，就凭着小白的话，完全就可以演变成一个成年男人玩弄女孩感情，且还始乱终弃不肯承认的花边故事……

她茫然，什么情况？

Gun 耸肩，放弃解释。

"那……"她好像也没什么可问的了。

眼神飘啊飘的，脑子乱糟糟的。

到底什么是真的？

怎么感觉……都是假的……

他看到小孩的眼神开始飘，闪烁着，判断她已经开始胡思乱想，一言不发地对她招手。佟年磨蹭过去……其实她想问的重点只有一句，刚才那堆话的最后一段，要负责的话是不是真的。其他的，她根本不在乎……

他一把拉住她，用了力。

将跌到胸前的人抱住，双手交叠在她身后，抱紧。

再多光环都是假的。

除了你，这个叫韩商言的男人什么都没有，两手空空，孤身一个。

这才是真的。

她感觉他的气息，在自己锁骨上。

有些痒痒的。

凭直觉，佟年总觉得他今天从漫展到俱乐部，到现在，情绪都……不太对。她对这方面判断一向不敏感，也因此，高中和大学时期总是被同学排挤……

想到这里，她蹲下身子，乖乖趴在他大腿上，仰头看他的眼睛："韩商言……我不太会说话，以前总得罪朋友和同学……"

他直视她，示意她继续说下去。

"你不高兴，不会是因为我吧？"

都在想什么乱七八糟的。

他笑了。

呼，还好，会笑就好。

"你要真不高兴，我以后都不开签售了。"

签售？他都把这件事忘干净了。

"我知道，微博有些评论……那些宅男说话都挺过分的……"什么大长腿啊，上鱿鱼啊之类的……她都是见一个拉黑一个，可也保不齐能被他看到。

哦？

他倒没看过关于她的留言，很过分吗？

微博那种东西，他用了一次后，就直接注销，再没登录过。

说起来，他还挺奇怪的，那种东西，上边都是不认识的人，每天都刷来刷去的有意思吗？发什么话，别人也不了解你，你也不了解那些留言的人，有什么好沟通的？

而且留言里，还有不少发广告的。

还好多"孤单少妇夜深难眠，点进来，聊一聊"这种留言……

乌烟瘴气。

不过他这人虽然有点大男子主义，但好在，尊重每个人的小众爱好。既然她是歌姬，必须靠微博来发歌曲什么的，那也就无所谓了。

"留言那种东西，不能拒绝？"他想到这里，随便问了句。

"可以禁掉，"她终于听到他的反馈，马上摇尾巴，"我禁掉。"

禁掉也不错。

他算是接受了这个提议。

Gun看了眼墙上的维尼熊挂钟，觉得时间差不多了，第一次来，就在她房间待这么久也不妥，还是要顾及礼貌的。

"你要走啦？"她嘟囔着问了句。

他视线转过来。

那小嘴唇红红的，微翘着，有些……失落。

他若有似无地笑着："舍不得我走？"

她微乎其微地"嗯"了声。

"怎么办呢？"他捏住她的下巴，抬起来，靠近……轻咬住那小小的嘴巴，"这样，回去给你视频。"她被他咬得浑身发热，继续"嗯"着。

"可要先洗澡，怎么办？"他舔过她的嘴角，"想看我洗澡吗？"

"……"

"我可以穿些必要的东西，如果……你真想看。"

第二十三章

学长

"……"

又……色色的……

她"啊"的一声捂住额头，眼泪飙出来。

怎么又给我吃爆栗……

"还真想看？"他顺手又扭了下她的鼻尖，"走了。"

好痛……

于是两人下楼时，佟年因为眼睛红红，鼻尖红红落在父母眼里就是……被感动的——不分手了？

她将他送到门口。

想要换鞋出门，被他制止。

刚才进门前就发现了，这个小区过于幽静，绿化也不错，适合藏匿坏人，不安全。她很听话地站在大门口，依依不舍地看着他的背影消失在楼门口。这就……走了？什么时候再见呢？好了好了，佟年不要黏人，他要工作。

她自我脑补，自我安慰，耷拉着尾巴，慢吞吞地上楼。

★★★★★★★★★★★★★★★★★★★★★★★★★★★★★★

周日，两个人只是简短地发了几条微信。

她收拾行李回到宿舍，发现亚亚也没有回来，于是就自己孤单单一个，游荡在宿舍。周一有英语公共课，她骑着小自行车，一边喝从食堂买的热豆浆，一边低头给亚亚发短信："喂喂，你不要翘课啊，今天是英语，考勤算成绩的！"

亚亚没回。

真是懒死了。

她郁闷地几口喝完，将豆浆扔进垃圾桶，想要将自行车塞进车列，无奈已经挤满了。只好先将车放在一侧，一辆辆去挪位置，就听见身后有人说："怎么放的车，本来就赶着上课，还挡路。"回头看，正好是读本科时同宿舍的人，她马上低头，道歉："我在挪位置，马上就搬走……"两个女孩没搭理她，直接走了。

她长出口气，吐了吐舌头，继续埋头搬车。

没想到身后有个男生骑着冲进来，不小心撞到她的腰，直接一个趔趄。

哗啦一下……

一排车……都……倒了……

完了……

她傻站着，看着这一排车，身后的男生也是傻了："那什么……对不起啊，我这堂课点名，不去必挂——"话音未落，已经有个男人从佟年身后伸出手，拎起一辆车后架。

她忙回头："谢谢。"

在看到那人脸的一刹那，她嘴巴微微张着，还以为自己没睡醒——

韩商言？！

身后人表情匮乏，实在懒得骂她。

刚才在不远处看着，本来想欣赏下她蹦来跳去摆车的画面，没想到真是各种不美好。不得不说，就算没有这个毛头小子推波助澜，这排车也必倒无疑。

"谢了，哥们儿。"那男生将自行车随便往过道一塞，撤了。

……

"你……怎么来了？"

"不欢迎？"他一手两辆，一手两辆，几十秒就把一排车扶起来，摆整齐了，顺便将她那辆白色的自行车丢了进去。

"没……"她眼一眨不眨地看着他。

脸热乎乎的。

脑子也晕乎乎的……

超级感动，超级意外，超级……手脚不知放哪儿的无措。

于是，她就这么蒙蒙的，一路跟着他进教学楼，走楼梯，最后还因为走得太慢，被他拉住手腕，直接拎上了四楼，赶在上课铃响之前，走进了教室。

原本就是旁听，要是老师在的时候进来，也实在不妥。

他在进教室前，松开她的手腕。

佟年茫茫然，看了眼教室里，他竟然……知道是这里上课？

教室突然归于安静，各种吃早点闲聊，还有各种八卦交流的女孩全都望着那个跟着佟年进来的男人，傻了。这是哪个院的？怎么会来电院的英语课？旁听吗？还是助教？不对，一定不是助教，太帅了，要是助教早就消息传遍学院了好吗？

欸欸？

是和少年班那个——

众男生哗然。

昨晚还有某寝室的两个男生，在洗漱间狼嚎她的名字……

这，这，这兄弟哪儿来的？

……

只有坐在最后一排的亚亚，从竖着的书里探出头，笑眯眯地远远地旁观这赏心悦目的画面，顺便，将 Gun 签了名字的 K&K 宣传册收好。

唉，真是羡慕嫉妒恨，让 Gun 神来陪上英语课什么的……太少女梦了。

"只……有第一排了。"她小声汇报。

Gun 不太有所谓。

反正他大学时也经常坐第一排，方便晚到，也方便下课第一时间离开。

他跟着她坐下来，看她掏出课本和笔记本，还有小笔袋。

原本想摸出手机看工作邮件……想了想，从她书包里抽出了一个笔记本，摊开来，将手机放在笔记本当中，算是摆个样子。

呃……

这堂课的老教授……脾气最差，会不会把他丢出去……

她忐忑着，揪住自己的裙子。

突然手背有些热，他将她的手捉起来，放到自己腿上。然后，就保持这种被吃豆腐的姿势，开始进入看邮件模式。

佟年手软软地搭在他的腿上……

不紧张不紧张，在桌子下，谁都看不见看不见看不见看不见……

嗯？穿的牛仔裤吗？

这估计是他衣柜里唯一不是黑色的长裤吧？

上次看到是视频里？

好像裤腰有些宽，不系腰带的话……

打住打住，上课上课。

他似乎坐得不是很舒服，调整了下坐姿。

她就红着脸跟着他挪动，迁就他的坐姿……也不敢收回那只搭在他腿上的小手……

可还是扛不住地，脸一阵红一阵白的。

单手翻开书，也不知道要翻到哪一页。

身后，有几个喜欢玩电竞的，总觉得 Gun 这张脸太眼熟。

可联想到什么后，又觉得……不太可能。那个圈子本就小众，职业圈算是小众中的小众，偶尔看看新闻什么的还差不多，出现在教室里？那几个有疑惑的男生齐齐否定了这个想法，继续将书撑起来，努力挡住脸，让自己不至于被老教授抽出来教育。

很快，有个五十多岁，面容严肃的老人家抱着书，踏着上课铃走进来，视线很快就落在了 Gun 身上……

第一排学生本来就少，还都喜欢隔着一个位子坐。

更凸显了并肩而坐的两人。

佟年小心翼翼地将自己的课本往他面前推了推，那上边写了一行字：这节课是电影赏析。老师留的作业是，每人要写一份英文影评，谁要是被叫起来就口述。

他扫了眼那行字，没什么特别表情。

佟年将笔记本拉回来，迅速写下另一行字：要不，你就说走错教室，赶紧走吧……

Gun 挑了挑眉。

就在她做这些小动作的时候，老教授走到两人面前。他曲起手指，轻轻敲了敲 Gun 面前的桌面："这位同学，看起来不是这个学院的学生？"

Gun 换了个漂亮的坐姿："慕名久矣，千里迢迢赶来旁听教授的课。"

老教授挑眉，打量他："哦？既然是慕名旁听，一定知道这节课是影视作品赏析？"

Gun 报以微笑："当然。"

两个人的对话，从一开始就切入了英文频道。

佟年忐忑着，攥住笔，无比庆幸他英文完全无障碍。

幸好，幸好，这是英文课，起码难不倒他……

"那好，我们也就不废话了。来，说说看，最近看了什么电影。"老教授语气揶揄，将一沓教案放在他面前。

教室里静得像是空无一人。

进入了英语课的常态。

在这位教授的课上，最好的方法就是把自己当空气。熬过一节是一节……

"最近？"Gun 很是配合，回忆了十分之一秒，"很多年没看过电影了。"

众人倒地不起……

那些竖着耳朵想要听听这位抢走电院大萌妹的男人有什么特别的男生，五体投地，全趴下了。哥们儿，您过得可真够单调的……

就这样？还抢我们的人？

"哦？"老教授挑眉，看了眼佟年，"你女朋友没投诉过？不觉得无聊吗，和你谈恋爱？"

"投诉？这倒没有，"他扫了眼快把笔帽捏碎的小孩，"她很乖。"

老教授两手撑在课桌前，和 Gun 对视。

鸦雀无声。

后面十几排零星散座的女生，都默默地为这位前途未卜的帅哥捏了把汗。

小佟年真可怜……第一次带男朋友旁听就赶上这么个教授，会不会那帅哥自此有了心理阴影，产生隔膜，分手什么的啊？

和男生不同，女生都在默默祈祷：

宁拆十座庙，不毁一门亲啊……教授！

佟年这孩子除了读书，啥都傻，第一次带个男人来，要是黄了可怎么办……

还不哭死了。

佟年紧张地将笔帽攥在手里，生怕教授发飙。

这么多课，为什么偏选了外院教授的课来旁听呢……要是本院的随便听，老师都不会说什么的啊。

慢慢地，五十多岁的老人家站直，眼睛微微弯起，笑了："还是老样子啊，你。"

众人很无语。

"师兄也是老样子，"Gun 气定神闲，也笑，"还是这么爱玩。"

老教授笑容满面："很久不玩了，自从回国，身边人都好无聊。"

众人继续无语。

"来，我给各位同学介绍下，这位算是我师弟，"老教授哈哈一笑，"记得第一堂课做我自我介绍时说过吗？前半辈子，我学过很多技能，其中一个就是工业设计。而这位，就是我那时的师弟，很有名，风云人物。"

教授显然很欣赏这个师弟，简略介绍了一下，当初教授读硕士时，他还是本科。很有专业天分，只可惜他志不在此，毕业就离开了。

……

在座的一众同学恍然大悟，彻悟。

原来我们小美女的男朋友是老魔头的学弟，顿时有种经脉贯通被自家人罩着这学期再也不怕老魔头欺压的爽快感是怎么回事！

"我们……有五六年没见了？"

Gun："差不多。"

"专程来找我？"

"碰巧，昨天才知道，师兄是我女朋友的英语老师。"

老教授笑，再次欣赏地看了眼佟年，小女孩的眼光真是不错，很不错："这次回国是？"

Gun："工作。"

"听说你在创业？新兴产业？"

他点头："电子竞技，弄了个俱乐部。"

身后，那几个熟悉电竞的男生，齐齐坐直，完全震惊脸。

真是他？！

……

老教授那里已经恢复冷静，转入上课正题。

他翻开点名册，开始慢悠悠地一个个点名，在一片"到""这里""来了"的声音中，佟年用笔轻轻地戳了戳他的手背。Gun看过来，她立刻垂头，假装看书。

其实，她也不知道问什么。

刚才两个人已经说得很明白了，就是在国外念书时的师兄弟……

翻啊翻书，翻了十几页。

继续翻，继续翻……

"手呢？"他手指滑动着手机屏幕，继续看邮件。

哦……

佟年默默地伸出手。

放在他腿上……

"电子竞技是什么？"最后一排，亚亚身边的女生轻声问。

亚亚龇牙一笑："就是超级帅气的职业，玩游戏玩到拿世界冠军，拿金牌，奖金动辄几十万。哦，对，还都是美元。"

那女孩立刻拉住身边的人，叽叽咕咕。

就如此，一传十十传百。

后排彻底热血沸腾了……

有地理位置优势的，全掏出手机，用课本挡着，狂拍帅哥背影、侧影。

十分钟内，微博朋友圈都轮刷了一圈：

"帅不帅？帅不帅？我们老教授的师弟！"

"据说是电竞圈的！有人认识吗？有人玩电竞吗？！"

"兄弟们，不用再半夜干号了，本院最嫩的一枝花嫁了教授学弟……这什么辈分谁给说说，小师婶吗……"

"哥们儿难得早起上课……天降 Gun 神，你们信吗……"

……

只有角落里刚才借佟年摆车时刁难她的两个女孩，脸色很不好看。

什么狗屎运……

"对了，这位的自我介绍，实在太谦虚了，"亚亚继续神秘兮兮地普及给身边的人，"他可是电竞圈的远古传说，本座级别的。"

身边人"哦哦哦"，眼睛都呈星星状了："什么是本座级……"

"就是……"亚亚不无感慨，"算了，我不说了，咱们院玩电竞的凤毛麟角，去搜吧，g、u、n，Gun 这个名字有百度百科。"

于是，十分钟后。

整个教室里的人都坐不住了……

虽然绝大多数人完全不懂，但光看着那一段段文字介绍，就已经血压飙高，完全无法控制地热血沸腾。手快一点的直接去搜了微博，看到那仅有一条状态，几十万留言的微博，更是莫名其妙有没有，明明不懂什么是电竞都觉得热血到炸了有没有……

这哥们儿拥有的是完全的，彻底的，碾轧式的人生好吗……

第二十四章

远古传说

十点多的阳光，正是最好的时候。

下课后，大家都自觉将英文影评放在课桌上，每个经过第一排的人，都在放下一沓 A4 纸的时候，对佟年抛个"可以啊""加油哦""小佟年太争气"的眼神……

她就在越来越高的论文纸里，继续慢吞吞地在课本上画圈圈，画圈圈……

直到……亚亚悄悄走近，凑在她耳边问："爽不爽，有没有做女主角的感觉？"

"……"她脸热热的，轻声回，"你告诉他的？"

"是啊，我把全套课表和教授名字都给他了，"亚亚咧嘴一笑，顺便揪住她的手腕，也有些激动，"早知道早玩微博了，我刚才看到，Gun 神竟然开了微博！你还是唯一被关注的！！"

她"嗯"了一声，飘乎乎的。

"不打扰你们，撤了啊。"亚亚攥了攥她的手。

怎么有种嫁女儿的惆怅感……唉。

很快，阶梯教室的学生都走光了，就剩下她，陪着他和老教授。

老教授聊得意犹未尽，拍了拍 Gun 的肩，告诉他，自己还要赶去下一堂课。等教授也撤离，教室就真的只剩下她和他。

韩商言看她捧着书，一副心神不宁，快要飞起来的小模样。

他知道自己会越来越忙，所以让97向亚亚要来了她的课表。想挑个上午或下午，陪她过过普通学生情侣的日子。

昨天看微信，能感觉到她想和自己多说话，却拼命压抑着，不肯打扰自己。

那些校园情侣拥有的小甜蜜，估计她都没机会感受了。

这么一想，也算是欠她不少。

"你同学对你都还不错？"他终于合上用来装样子的笔记本，塞进她书包。刚才看到那些小孩走过，都对她挤眉弄眼的，显然关系很好的表现。

"嗯，好多都是本科同学。"

"我记得你说，'我不太会说话，以前总得罪朋友和同学'？"

记性真好啊……

"大三的时候，有一段时间……大家都不爱和我说话。"

他点点头。

想到亚亚说的话：

"她说自己总得罪人？想多了。也就大三时，少年班学生被分去各个系，突然进入新班级，都这种待遇。以前我高中转学也这样。

"我们这届本科的，都知道一句话：系里有三宝——佟年、内网和校队。

"知道为什么吗？内网大资源库，要什么片有什么片，更新比任何网络站点都快；校篮球队有国家运动员，常年帅哥聚集地；最后就是我们小佟年了，在专业课和大作业方面，对同学完全有求必应。"

Gun 摸摸她的小脑袋。

佟年不知道发生什么了："我们走吧？这个教室还有课。"

Gun 本来就是为了陪她，无可无不可，站起身。

座位太小了，坐了整整两节课，完全伸展不开腿。

现在，感觉被释放了一样，他活动了下肩膀，看她利落地收拾书本和笔。忽然想到，自己学生时代都在做什么？完全没印象，果然每个人的生活重心都差很多。

两人走出阶梯教室，逆着赶来上课的人流，下楼，取车。

她就推着自己白色的小自行车，走在他身边，不停给他指：那里是本科宿舍区，那里是研究生宿舍区，那里是活动中心，那里是物理楼、化学楼，还有建在湖中央的，自己干活的实验室。Gun 从没怎么感受过国内大学的氛围，双手插在长裤口袋里，陪她慢悠悠地走着。

两个人经过外院。

"你怎么和这个教授关系这么好？"她终于按捺不住好奇，问他。

"他人不错。"

"……"

"怎么？"

"他在我们院的绰号是老魔王，挂人最多……"

Gun"哦？"了一声："他人挺有意思，一直教英语教到四十几岁，忽然决定给自己放个大假，就出去读了个工业设计的硕士。"

"然后继续回来教英语？读到硕士……干什么用呢？"

"本来就是消遣，"Gun看到图书馆，"有人消遣是旅游，有人是读书，我就是玩游戏。什么都求个目的，就太无聊了。"

他对图书馆很有兴趣。

她就在楼下锁了车，带他进去。

二楼是消遣娱乐的书，他没停留，和她直接往上走，到三楼专业书籍区。

四周静悄悄的。

在读书区坐着的学生，都在埋头做着笔记，她就跟着他，一路走向那一排排看不到边际的书架区，时不时能看到有人在找书，有人在低头发短信，有几个小姑娘对着教授给的书单低声交流，还有……情侣在拉拉小手摸摸小胳膊……

Gun停住。

她也跟着停住。

抬头看，都是设计书籍。与他的专业相关？

他随便抽出来一本，翻了翻。

她靠近，也凑着看了眼，轻声问："你手绘是不是很好？"

他不置可否。

真好，她最羡慕手绘好的人了。

"那……怎么从来没画过？"

"画什么？"Gun扬眉。

"画……人？"

显然，小孩完全不知道工业设计是做什么的。他将书合上，书角放在她额头，沿着那小鼻梁滑到鼻尖："你难道认为工业设计和人体彩绘是一样的？"

"……"没说是人体彩绘啊……

于是，当有人走近这个书架，认出电院那个很有名的拿过ACM世界名次的萌妹，是如何面红耳赤，逃也似的跑开。她身后的男人倒是优哉，慢条斯理地将书放回原位，莫名感觉四周都飘着粉红泡泡有没有？

妹子脸这么红……难道是……表白？偷吻？

这……

开玩笑吗……这里是图书馆好吗？！

同学！

求回放，求重播，求再来一次……

★★★★★★★★★★★★★★★★★★★★★★★★★★★★★★★★★★★★

不久，《密室风暴》全国总决赛在北京开始。

佟年用三个月永不休假为条件，和导师换了一周小假期，陪Gun去参加《密室风暴》的全国总决赛。这周恰好碰上大小会议，酒店房间紧俏，他就订了双床的行政套房。

两人进门后，他先去洗澡："晚上约了朋友吃饭。"

她答应着，坐在床上，百无聊赖地调电视节目。

没多久，就听到浴室门打开的声响。

她立刻从床上跳下去："你好了？"跑进洗手间的一瞬，傻住了……

他就围了浴巾……

她秒速转身，却被他从身后抱住，眼前天旋地转。

被放在了大理石台上。

他拉住她的脚腕，扣在自己腰后："跑什么？"

她不太安分地扭动着，想要避开他，这个姿势……

"我有点怀念你喝酒的时候了，"他逗她，用下巴压住她的额头，将她搂在自己身上，眼睛看着镜子，"走之前，给你讲个故事。"

故事？

她感觉他的手有些不安分，心猿意马。

"我父母都不在了，"他简单交代，"有个阿姨，是母亲去世后嫁过来的，后来父亲去世，我和她相处得竟然比亲生父母还久。小时候，我很讨厌她，她又不让我搞电竞，所以我就一个人回了国内。"所以……才在成年时最终选了中国国籍吗？

她仰起头，想要看他。

被他制止了。

"后来，回到国内，我认识了一个电竞高手，叫 Solo。"

SP 中国区老大？

"他那时候有个小女朋友，叫 Appledog。最开始，就我们三个，想搞个战队，后来人越来越多，真的就搞成了。人倒是不缺，就缺钱，我就跑回挪威，把我爸留给我的遗产骗了一些出来。"

难怪爷爷总骂他。

佟年不知道如何安慰他，就紧紧搂住他的后背。

她丝毫不觉当自己两腿环住他腰时，再做出这种动作，对一个正常男人的影响力。Gun 微微眯起眼睛，声音越发低："我们拿了很多冠军，在风头最盛的时候，因为一些原因，Appledog 走了。当时 Solo 问我，要不要接任战队队长，我拒绝了。"

"为什么拒绝？"

"我这个人很偏执，以前养过一只猫，死了就不肯再碰猫这种东西了，"

他说，"战队也一样，换了人就不是原来的战队了。当时我把一切责任，都丢给 Solo，回了挪威。"

她轻轻"哦"了声。

养猫这个故事，Appledog 给她讲过。

不过她难得聪明地，当作初次听说。

"后来就是建立 K&K，虽然成立时，我不想承认，但目的很单纯，我想挽回当年的决定，想要重新找回过去的队友，照顾他们，给他们一个有实力的俱乐部，重新开始。"

她眼睛眨了眨，轻轻垂下来。

听得有些难过。

"K&K 在2013年建立中国分部，我在2014年年底才回来，第一次在《密室风暴》的表演赛露面，是在韩国。那是……十年后，我第一次见到 Solo 和 Appledog，他们两个都在 SP，还有我过去所有的队友，都在 SP。"只有他一个人，孤单单地成了 K&K 的老大。

Gun 没再继续说下去。

为什么突然这么想要倾诉？

也许是因为"全国总决赛"这样的大型赛事。

十年了……

她还等着接下来的故事，就被他堵住了呼吸。

这个吻很不留情，估计他韩商言自己也想不到，会有一天，自己要这么对待一个女孩，将她的嘴唇在齿间反复折磨，将她的小身体按在胸膛上，用行动提醒她，两个人的关系究竟是什么。

"来，"他低声要求，"坐过来。"

她懵懂着，调整坐姿，慢慢靠近他。

直到……坐到了台子的最边沿，感觉到了什么后，她下意识将身子缩了缩。他一动不动，没有任何多余的动作，只是看着她。

……

韩国表演赛结束后，他整夜无法入眠。

那晚从 K&K 总部离开，想要开车回家，却临时改变主意，一路从大厦走出去，他背着很重的斜挎运动包，步行三四个小时，随便找了个名字特俗的网吧，走进去。那个夜晚对他没什么特别，起码当时，他并不知道这个给自己推销消夜的小孩对自己起了心思。

为什么——

她睫毛微微抖动着，仰头，咬住他的下唇，有些怯怯地用行动表达着"韩商言，我爱你"。

我这样的人，有什么值得你喜欢的？

他右手握拳，抵在她身后布满水雾的镜子上，一道道水痕，从上到下，滑下来，不停落下。光着的背脊随剧烈呼吸起伏着，短发还在往下滴水……

别离开我。

这是他这辈子很多次想要说，却无法说出口的话。

"年年。"他声音沙沙的。

她应着声，刘海早被汗水打湿。

"怕吗？"

……

结果，SP 大中华区和欧洲区的老大 Solo，第一次见到 Gun 的女朋友，就感觉，自己对面坐着一只煮熟的虾子……

Solo 的想法是：果然，兜兜转转这么多年，你最爱的还是那种恨不得能一天二十四小时缠着你的、黏人的、听话的、偶尔用爪子挠挠你讨个欢心的……个子小小的……猫或人。

佟年满脑子还是——

怎么能这样呢……

怎么能……她脑海里乱七八糟的，还是出门前的一幕幕……手指紧张地抓着座椅，不敢相信。

太坏了，韩商言，大流氓……

Gun察觉到她还在各种事后羞涩，挑眉，自己给自己满杯。

这间饭店很小。

干净倒是干净，也真是小。

也不属于酒香巷子深什么的，纯粹是路边胡同里随便一家店，起初菜上来，佟年还以为肯定是菜味道不错，后来尝了两口，也没什么特别。

她忍不住偷偷多看了一眼Solo。

她旁观过Gun俱乐部的几次比赛，从没见过这个SP老大。

Solo，十年前他的朋友。

好温柔的一个男人啊，虽然不怎么爱说话，但看人的眼神就是温暖平和的，他没有Gun高，也没有Gun气场那么犀利，但显然，他真像是一个曾经的战队队长。属于只要他坐在那里，哪怕窗外已经天崩地裂，你也不会害怕，因为他在。

嗯……

要是亚亚在这里，估计又会疯。

吃顿晚饭，那边是Solo，这里是Gun。

就是……这么个喝法，不会喝死人吗？

她扫了眼桌边的空瓶。

啤酒的2，4，6……7瓶，白酒也1，2……2.5瓶了……

佟年开始盘算，以后见Solo之前，要先买海王金樽。

顺便低头百度：如何劝男人不喝酒……

叮的一声。

亚亚的微信跳出来：喂喂，说好随时给我实况转播的！

她：我看到Solo了。

亚亚：啊啊啊啊啊啊啊啊啊啊啊啊啊啊啊啊啊啊啊啊啊！！！

她：……

亚亚：远古传说，我的远古传说……上辈子你绝对拯救过银河系……

两个小时后，她和 Gun 打车送 Solo 回去，然后回到自住的酒店，先去了一趟便利店买饮料。

佟年背着书包，站在冰柜前一个个看过来，发现自己还不知道他究竟爱喝什么。Gun 低头，将口袋里三部手机逐一拿出来，挨个儿开机，无数的消息、邮件进入的简短提示音充斥在耳边，她瞄了他一眼。

他比了个手势，意思是自己出去先打电话。

她点点头，从冰柜到零食货架，全部扫荡一圈后，拎着一大袋的东西走出去。

玻璃门叮咚一声，打开。

他就站在门口，低头慢条斯理地剥着一颗绿色水果糖，吃进去，看到她手里拎着的东西，伸出右臂。

佟年乖乖将袋子挂上去："韩商言？"

"嗯？"他嚼碎糖，口齿不清地答着。

她郑重其事，不知从哪里拿出张卡，双手递给他。

他漆黑的眸子扫过去，什么东西？银行卡？

"这是我从小到大的存款，各种压岁钱，还有去展会签售卖碟的钱，还有商演，还有奖学金……"她不太好意思地解释，"七万六千九百七十三。"

还真不少。

Gun 觉得小孩要每天把自己打扮得美美的，还能存这么多钱真是挺不容易。他边对她的存钱能力给予肯定，边将手里的糖纸揉成一团。

按长度算，这钱用来买她手上的链子……能买两三毫米？

"给你的。"她郑重其事，交付自己全部身家。

爷爷不支持你，阿姨不支持你都没关系，还有我。

Gun 完全没猜到是这样的一个场面。

哪怕她报出存款额，他也没猜到是这个目的。

这个时间，还有他已经处于中度醉酒的大脑都不太适合面对这样的场面。她的人、她的话，哪怕是她的粉色 Hello Kitty 图案的银行卡，都是这种感觉，特别不适合在此时此刻如此煽情。这种全身心交付的事情，他也做过，这种事，说起来简单，却鲜少有人做到。

给彼此留一线余地才是人和人的安全距离，不管是友情，还是爱情。

刚认识几个月就急着这么交付全部的人，往难听了说，就是傻。

……

他一言不发，在裤子口袋里继续摸索着，想要找到什么东西填补即将失控的情绪。

没找到。

身边有几个年轻男孩边笑着，边走过，看到佟年站在便利店门口，忍不住多关注两眼，却被妹子身边的人震慑住，撇撇嘴，在叮咚一声后，走进了玻璃门。

里边，充斥着年轻人的欢笑。

她才不会注意别人，也不会敏感到，感觉出有多少人对她的兴趣。

Gun 就喜欢这样的她，随手，捏捏她的小耳朵："钱就算了，人给我就行。"

"……"

"什么时候不怕了，给我个暗示。"

"……"大色狼，明明都……

"我随时恭候。"

"……"她都快把卡拗断了……

Gun 眼角的余光里，留意到便利店里几个男孩依旧隔着玻璃看她，不太爽，他将白色塑料袋从手臂上滑下来，拎在左手，右手抄在上衣兜里："走了。"

"哦。"

他先一步离开，佟年跟上，伸手扯了扯他的袖口。

Gun 偏过头。

看到她脸红红的，将手沿着自己袖口，滑入运动服的侧兜里，能感觉她摸到了自己的手，然后，将手攥成拳，塞进去，塞进他的手心。

这一刻，有出租车和公交车，从身边经过。

嘈杂的喇叭声、车辆行驶的声音，还有行人骑着自行车，从两人身边绕过……他静静站着，等她将整个小拳头成功塞进自己手心里，若有似无地笑了。

依旧一副懒得应付的寡淡表情，可却用力将那小手牢牢攥住。

远处，便利店里的大男孩心想：呃，萌妹子主动？还有天理吗？

还挺装 ×，拉手就拉手，还隐蔽在上衣口袋里，更明显好吗？！

腿长了不起啊！走慢点儿，萌妹都跟不上了……

唉，好白菜都被猪拱了。

一点都不疼老婆……

尾章

一辈子那么长

决赛那天，Gun 给了她一个正式的工作牌和 K&K 队服。

意思很明显，千万别穿着太萝莉的衣服坐在选手休息区。她兴奋于自己终于有了属于他俱乐部的衣服。而他想的是，超短裙实在太显眼，看着太不爽，不适合在大庭广众之下穿，尤其她……还因为误解自己喜欢那个什么耳朵的袜子，特地带了十几双过来……

两个人最后抵达体育馆。

K&K 众队员在休息区，喝水的喝水，闲聊的闲聊，有的还在对赛事解说插科打诨，众人看到佟年一身队服，齐齐眼前一亮。

这就是美女和屌丝的差别。

怎么小嫂子穿个运动服都这么可爱，老大这是带了一个 K&K 吉祥物去比赛吗……

Gun 打量赛场，看到不远处 SP 休息区里，中国区各位老大和高层都齐齐现身。

这是全国总决赛。

而昨夜醉酒的兄弟，就在第一排最右侧。

他一言不发，有些懒散地走过去，坐在了 K&K 休息区第一排最左侧。

不同于 SP 高层们的一本正经。

他坐下，就跷起了二郎腿，将脖子上的工作牌摘下来，绳子绕了几个圈，放在腿上。

大屏幕上，主持人正在介绍着此次参赛的俱乐部和战队。

不断有镜头掠过每一张脸，引起大小不同的掌声，还有粉丝激动的交流声。体育馆很大，所有观众都在后排，就靠这种大屏幕扫播，来认自己的偶像和喜欢的选手，偏偏导播很卖关子，将 SP 和 K&K 的介绍放在了最后。

压轴。

佟年跟着他，坐下。

不是没陪他看过比赛，可这种大阵仗，还有这种观众人数都让她有些心虚。

穿着 K&K 队服，坐在 Gun 身边，光是想着，就觉得不可思议。

初次相遇，在小网吧柜台后，打着瞌睡的她，有些无所事事地单手敲打键盘。

不喜欢玩游戏的她，实在对电脑桌面上的这些小图标不感兴趣。

直到，有男人伸出手。

手指修长而骨节分明，就这么随意搭在了柜台上。

她下意识抬头——

从手，到手臂，往上，是黑色纯棉短袖 T 恤的领口……这个男人，有些心情不好地斜挎着一个很大的黑色运动背包，单臂撑在柜台的玻璃上："通宵吗？这里？"

……

她无数次回想那个夜晚，都觉得不真实。

"韩商言？"她小声叫他的名字。

"嗯。"他答应着，没看她，继续看大屏幕。

"我……想结婚。"

昨晚，他问过自己想不想。

当时她有些蒙，导致后半夜辗转难眠，后悔为什么没说"想"。

……

主持人正兴奋介绍着 K&K 自成立以来的所有荣誉……

Gun 无声回视，对着她勾勾手指。

嗯？佟年听话地凑过去。

他的声音滑入她耳中："看大屏幕。"

大屏幕？

她猛扭头。

大屏幕上，正在特写 K&K，特写着 Gun 和她……

她背脊僵住，再不敢多话，一动不动地坐着，坐在他身边。

Gun 懒洋洋地坐直了身子，示意性对镜头颔首，算是和在场观众打了个招呼。曾经他的、Solo 的、Appledog 的，还有很多 Solo 战队其他成员的粉丝，都是千里迢迢赶来，当镜头转到这里，都激动得尖叫。

此时、此地、此刻，他不只是她的韩商言。

而且是……所有人的。

"没问题，"他对镜头微笑，脸上竟还露出个浅浅的梨涡，"比赛结束就结婚。"

除了她，没人知道他在说什么。

只知道，他在对身边的小女孩说话。

他韩商言从不是个外露的人，感情都在心里，浪漫什么的不需要，没必要。

一辈子那么长，我都给你。

佟年。

多少次，迎着冷眼与嘲笑，

从没有放弃过心中的理想。

一刹那恍惚，若有所失的感觉。

不知不觉已变淡，心里爱，谁明白我。

原谅我这一生不羁放纵爱自由,

也会怕有一天会跌倒。

背弃了理想,谁人都可以。

哪会怕有一天只你共我。

——《海阔天空》

番外

酒╳酒

今天是情人节，某人生日。

K&K 俱乐部内部弄了个小酒会，老大事先并不知道。为啥不知道呢，众人想给老大惊喜。所以，当 Gun 背着黑色斜挎包，穿着羽绒服冒着严寒从机场赶回来，乘着电梯一路上楼满脑子都在想着稍后的训练蹂躏计划。

顺便盘算着点名，谁要是去过情人节了，那就不好意思了。

电梯门在 Gun 眼前打开，他嚼着口香糖一步步走出来，羽绒服已经被脱下来，右手攥着，丢到了前台的椅子上。

没人？

拐弯，沿着走廊走进去，训练房内冲锋枪、爆炸声震天，他刚冒出个头，Demo 就立刻扬了扬墨绿色酒瓶：“老大！嫂子在等你！”

轰地他就蒙了。

满屋子酒瓶，没一个清醒的。

下一秒，门口就没人了，Grunt 还趴在窗台上低声和艾静打电话，啧啧感慨：“Dt 这小子太阴了，为了和女朋友约会，直接把韩商言媳妇灌醉了。”

走廊尽头，左手边，韩商言的房间。

他手摸上冰凉的金属扶手，还蹙眉想了想，稍后会发生什么，大概在脑内演练了几个场景后，按下扶手，走入。

漆黑一片，想摸灯的开关。

摸到了柔软的小手背，很快熟悉的感觉就来了……

"生日快乐，生日快乐，生日快乐，"八爪鱼抱住了他的腰，蹭来蹭去，从脸到身体，"快说你很高兴……"

"……高兴。"

他还想问话，下嘴唇被轻咬住，小舌头滑进来。

嗯，尝出来了啤酒、白酒、梅酒、红酒……

他合眼。

不要发火。

谁灌的？！

热乎乎的小手心，学着他平时的样子，摸到他脖后，把他压向自己，亲得还挺高兴。Gun 别无他法，只得抄起她的两腿抱在腰上，在黑暗中用脚到处摸索，想找椅子，没找到。

没办法，只有悬窗了。

刚坐上去，她就兴高采烈地把他扑下去。

他没来得及反应，后脑重重撞上玻璃。

哗的一声，拉链被利索地解开……

"佟年，"Gun 努力让自己声线平稳，"还有一个月就举行婚礼，一个月，三十天，七百二十个小时，四万三千两百分钟。你再忍忍……"

右肩的运动服被拼命往下扯。

"我来，我来……"明天还有比赛，不能弄得太难看被那帮兔崽子看出来。

Gun 摸索着把拉链彻底扯到底，身子向前一些，双手倒背着将运动服脱下来，还没丢到地上，腰带就被佟年拉出来了……

温热的唇，压在他的鼻梁上、眼皮上。

他尽量让自己想点比较单纯的东西，比如明天和 SP 的比赛，可以把外边那帮兔崽子都换下来，让越来越猛的二队替上……

黑暗中，小孩停了几拍，目光闪烁期待地凑近，羞答答地问了句："你怎么不动啊？"

……

宽厚的手掌扣在她后颈，他声音轻哑："第一次……不会怎么办？"

咦？不是说无师自通吗？

"那……我试试吧。"她也没迟疑，迷糊着三下五除二把腰带解开，抽出，丢掉。然后费劲地爬下去，晕头转向去扒他的牛仔裤。

Gun 靠在玻璃上，被她逗得不行，手伸到她腋下，又把小孩捞回来，放到腿上。

寂静中，两手拽着短袖下摆，脱掉。

小孩目光更闪了。

Gun 有种被观赏的感觉……

于是，放人到地板上，光着脚跳下来，光着上身，俯身去看她的眼睛："真做？"

"嗯！"她越想越高兴，"生日礼物，多有纪念意义，还是情人节。"

……

还是有种被临幸的感觉。

他要笑不笑地上上下下打量她："一会儿别哭。"

她愣了："啊？……"有些怕，"……你这儿有感冒药吗？夜片？我吃一片就能睡着。"估计就不太疼了？

"……"

"没关系，我要是疼哭了，你哄哄我就好，我很好哄。"她先把自己说服了。

然后利索地走过去，抱住他光裸的腰。

他是真没想到要这么过生日，进门就被自己小女朋友扒光了，如今是骑虎难下，继续？不好向她爸妈交代……那么快就婚礼了。

不继续？显然，手心里的汗，都在提醒他，这次没的跑了。

他弯腰，把佟年横抱起来，努力从这一刻开始让所有都变得比较梦幻和美好，小孩醉酒不失忆，不能让她受委屈。

……

然而第二天早晨，当佟年抱着被子，满脑子糨糊、满心幸福地努力回忆的时候，却只有几个片段特别清晰，比如，他揉自己的胸像揉面团似的……

同一时间。

Gun 坐在大厦楼下的台阶上，吹着冷风，把嘴里的水果糖嚼碎着，低头看秒表。

远处，K&K 队员都拼了命地往回冲。

一个个到了地方，Demo 眼泪都跑出来了，抱着 Gun 的腿一个劲儿哭："老大我真跑不动了，真不是我们干的啊……"

番外

新年糖豆

1.

婚礼当天。

佟年在房间里溜达，从凌晨三点溜达到五点，亚亚和蓝莓两个伴娘开始还安抚她，最后一人一个哈欠，打着打着，抱在一起睡着了。

化妆师要六点到，所以房间里静悄悄的，她坐在窗边，给他发微信。

Lolicat：你会临时不来吗？

Gn：……

Lolicat：忐忑。

下一分钟，韩商言发来一张照片，俩人的结婚证摆在窗台上。他房间的窗台上，还有一半的月色，是他别墅外的月色。

Gn：你早嫁给我了，今天就是走过场，忐忑什么？

Lolicat：嗯，有道理。

Gn：……

佟年身上还穿着婚纱，本来是亢奋地睡不着提前试一试，可看到两个闺蜜都睡着了，自己脱也不方便，躺床上睡又担心会压皱。最后，从墙角搬了个小凳子，在书桌前，把裙摆散在凳子的四周理顺了，头枕着书桌边沿，也补觉去了。

大忽悠说的没错，早结婚了，走个过场，不慌不慌。

2.

接亲的伴郎团是 solo 战队的兄弟，除了艾情今日在另一边也等着 Dt 接亲，余下的人都来了。而伴娘呢，除了蓝莓和亚亚，就是高中最好的一个朋友，也只有这个闺蜜没见过韩商言的一众兄弟。

直接结果就是，这位伴娘从窗口看着一身西装笔挺的新郎带着三个伴郎走入家门，震惊地回头：“你老公的伴郎，个个都很帅啊。”

“那当然，”蓝莓理所当然地给佟年拿捧花，“我老公最爱的战队，能不帅吗？”

“对，对，对”亚亚附和，“solo 战队一出马，全部后辈靠边站。我坚信，现在也没有比他们更棒的！”

蓝莓和亚亚一人一句，还在为韩商言吹嘘，新郎已经顺着楼梯上来了。

亚亚马上冲过去，检查一遍早就锁好的门。

拍门声响起：“亚亚，我是米邵飞。”

“米邵飞也没用，今天全没用，”蓝莓替亚亚回答，“红包！”

门外，solo 半蹲下身子，按照韩商言的吩咐，把一叠红包一个个塞进去。

门内，几个伴娘起先还在数：“一个、两个……”最后只剩下惊呼了，外边一群老男人就是不一样，多半个字的废话没有，直接塞进来六十多个红包……

满地都是红包，三个伴娘像捡金子一样，眼泪都要掉下来了。

新郎太太太大方了！

“快开门吧，”佟年压低声音催促，“快。”

她不是心疼钱，她是想尽快看到他。

“知道啦，看给你急的，恨嫁啊。”亚亚打开门锁。

3.

门拉开的瞬间，佟年看到了还在塞红包的两个男人闪开，穿着西装、打着领带的韩商言走入房内，两人目光交汇的一瞬，她听到自己的心在剧烈跳动着。

一如当年，在深夜网吧柜台后抬头看到他的那一秒。

“够不够？”韩商言看着佟年，却在对几个伴娘说，“不够还有。”

红包不算什么，一辈子结一次婚。

全是佟年从小到大最好的几个朋友，给多点儿，应该的，当是感谢人家多年照顾了。

“够了，够了，”蓝莓马上说，“我老公说了，绝不能为难他偶像！”

韩商言一笑，走向佟年。

佟年心跳得头直晕。

他弯腰，捡起她的婚纱大大的裙摆，汇聚在一起，塞到佟年怀里。

嗯？

“不懂？没人给你讲过？”

这是什么规矩？她摇头。

他活动着肩膀，被西装裹着不舒服，最后在佟年面前半蹲下来：“上来。”

？？

“啊，对，新郎要把新娘背出家门，脚不能落地，”蓝莓这个伴娘终于记起了自己的职责，跑上来，帮着整理裙摆，“我在你们身后提着吧。”

“不行，楼梯太窄了，更不方便，万一你没跟上去，一用力大家全摔，”亚亚帮着把裙摆提着，“你先上去，趴他背上，我们再把婚纱给你。”

大家的指挥下，佟年被韩商言背了起来，两手攥住自己婚纱裙摆。

"你行吗？"佟年望了望楼梯下。

"废话。"背不走老婆，他也别混了。

佟年搂着他的脖子，喘气都不敢太重，伴娘们也在帮忙着，只有三个伴郎在一旁看热闹。

"老韩悠着点儿啊，还要洞房呢。"

"就是，慢慢来啊，慢慢背着，我们去给你准备鞭炮。"

Solo 在前头还特地拍了不少照片，一边拍着一边欣赏："一会儿全放婚礼前幻灯片里，给你们 K&K 队员看看。"

韩商言刚想骂一句"滚"，脚下险些没踩到楼梯，换来佟年一声惊呼。身后三个伴娘还以为真摔了，此起彼伏叫了好几声……

韩商言强压着性子，听完全部的尖叫："没事儿……"

这才稳稳地往下走着，顺便用眼神狠狠飞了 solo 一刀，都是来拆台的，他算明白了。

4.

婚礼很顺利，顺利到韩商言总觉得会出点什么乱子。

直到——

他带着一堆要闹洞房的来到洞房外，喝得上头的他，掏出门卡，在进门前嘱咐着："头疼，闹一会儿就撤，听到没有？"

"谁敢耽误您洞房啊？gun 神？"solo 笑着接过他的门卡，替他刷开。

门一推开。

酒店赠送婚宴新人的豪华套房内，摆放着蛋糕、鲜花，换上了一身红色中式婚服的艾情正坐在沙发上，玩着手机，她一抬头看到韩商言一众人……

"韩商言？！"艾情不敢相信自己的眼睛。

满室安静着。

坏了。

韩商言第一时间反应过来，和 Dt 拿错房卡了。

他做出了有生以来最快速的反应，拎着西装外套，冲出房间往下一层跑。婚宴上，佟年大言不惭地说她特地为了结婚练过酒量，连喝了两大杯。现在，那个房间里应该是 Dt 和 K&K 一众小屁孩。

冲入电梯的男人，和冲出电梯的 Dt 险些撞到一起。
两人没来得及看对方一眼，一个往房间跑，一个进了电梯狂按下楼。

到了真正属于自己的豪华婚房，推开门，站着一群 K&K 少年，佟年乖乖坐在床上，没任何一点反常。他松口气。
她一歪头，对他甜甜一笑，像看着一块即将入口的蛋糕。
嗯……
喝多了，这是。
通常她一副直白的"我要吃了你"的表情，就是酒精上脑的后果。
韩商言故作镇定。
"老大。"众人纷纷叫。
"嗯，"他冷淡扫众人，"还不走？"
大家没动。
"其实吧……"
"我们最想闹得就是老大的洞房。"97嘿嘿一笑。
韩商言把西装外套扔到床上。
因为这个动作，大家都安静了，怕被修理。结个婚还这么严肃，真是的……

"想怎么闹？"反倒是韩商言先给了大家一个台阶。
一石激起千层浪，K&K 一众大男孩全都嘿嘿嘿地笑起来。有人从门口搬进来了一箱酒。
Grunt 拍拍酒箱："给嫂子准备的。"
"好啊，"佟年挽起大红喜服的袖子，"来。"

……

韩商言觉得太阳穴在跳，头疼得更厉害了。

嗯，今晚有得搞了。

5.

新婚之夜。

两个人都在床上睡的。

事实证明，佟年的酒量真不错，轻易能喝 high，想醉倒很难。K&K 众人醉倒，七七八八，全在婚房的沙发、地毯上盖着衣服、衣柜里多的被套，甚至是洗手间里的浴巾都拿来做被子，睡倒了一片。

清晨，韩商言被电话叫醒。

"中午飞机，别忘了。"

"……改签明天吧，头疼。"他回。

电话挂断，翻个身，把还穿着嫁衣的小身子搂到怀里，抱紧了，继续睡。

锁骨上，温热的她的鼻息有了变化，她醒了。

"……几点了？"

"十点。"

"这么晚了？"

"明天走，"他把想起床的她按住，"改签了。"

她"嗯"了声，借着宿醉的倦意，往他怀里钻，手还不安分地把他腰带上方的衬衫纽扣解了，手伸进去，触到他的皮肤。热的。

"看你这样，比我都高兴？"

"嗯。"她又笑。

"吃豆腐上瘾了？"

"合法的。"她抗议着，搂他的腰，往后摸。

"摸什么呢？"

"腰。"她倒是诚实。

床下，盖着西装外衣、浴巾、备用棉被、床单等等的 K&K 少年们早就醒了，从老大接电话开始就醒了。互相在地面水平线上，彼此递送着眼神，咋办啊？这么听着？这还真是名副其实的"听床脚"了。

"都等什么呢？还不走？"不耐烦的声音，从床上砸下来。

少年们手忙脚乱地从地毯上爬起，一个个鞠躬："老大，新婚快乐！嫂子，新婚快乐！"争先恐后全跑了。

怀里的人早僵着不动了。

"不摸了？"他笑。

"你都不说他们在……"天，刚才都在说什么，全被听到了。

"不都赶走了吗？"他低头，压低声问她，"再说，洞房该干什么，谁不知道吗？"

"不是和你说了吗？"不方便。

"我说要干什么了吗？"他反问。

反正以后每天，都有机会，着什么急。

6.

度蜜月的地方是按照 Dt 的要求选的，在新加坡，据说是 Dt 和艾情第一次正式认识的度假村。因为爷爷的要求，两人的婚宴办在一起，自然，蜜月也定在一处。

对佟年来说，去哪都行，只要有韩商言就行。

于是，韩商言和 solo 一合计，大手一挥，报销了所有人的往返机票，组团去。

俩人把行李扔到酒店，换上夏装，按照地图指导，步行往摩天轮那边走。韩商言套了一身黑色短款 K&K 运动服，准备出门。

"你衣服能不能换个颜色的？"佟年根本没带黑色衣服过来，又想和他穿情侣装，毕竟是度蜜月嘛。

"……"韩商言想说，你从认识我开始，不就是从头到脚一身黑？

但看佟年失望的眼神，临时改了口："你衣服呢？想穿哪件？"

佟年从箱子里抱出一堆给他看。

嗯……真是五彩缤纷。

韩商言望着那一堆小裙子，沉默了半分钟后，掏出手机拍了一张大合影："一会儿回来。"说完，人就走了。

没过半小时人回来，拎着几个购物袋，掏出来全是短袖，各种颜色的短袖。

他把短袖掏出来，指了指满床佟年的衣服，让她自己挑。

佟年马上捡起一件粉色的。

韩商言："……"

"你买了。"佟年指其中一件男士短袖。

他只是把照片给店员而已。

"不喜欢？"佟年揣测。

"……随你。"

佟年又拿起一件玫粉色。

韩商言大概能想象到自己稍后会以什么形象下楼，面对 K&K 一众队员。无法再看下去，起身去洗手间冲澡。刚才因为打不到车，走回来的，弄了一身汗："慢慢挑。"

门刚撞上，他刚脱到一半儿，又觉得不对，拉开了门："你穿冷色调好看。"

"真的？"佟年头一回听他评价衣服颜色，很是惊讶。

"对，"他无比严肃地告诉她，"非常好看，每次你穿蓝色，我都要多看两眼。"

直到，看到佟年拿起一件牛仔蓝色的裙子，胸中压着的一口气终于散了。

搞定，小孩果然好忽悠。

7.

十分钟后，韩商言看着电梯间镜子里的自己，穿着一件深蓝色的polo衫，怎么看都觉得不太顺眼。不过蜜月嘛，满足小孩的秀恩爱心愿比较重要。

当然，K&K众队员比他更不习惯……

大家看到自家老大走出酒店的玻璃大门，一个个眼睛都直了。

"果然结婚的男人不一样了，"grunt评价，"骚气不少啊。"

97客观总结："你别说，老大身上挂点颜色，帅多了。"

Demo顺势分析："那要老大过去肯这么穿，是不是早被人追跑了？"

……

全员静音。

因为佟年听到了Demo最后的一句重点，瞟了一眼韩商言。

韩商言暗中叹了口气，狠狠敲了一下Demo的后脑勺："我这么老，谁看得上？"

Demo没反应过来老大是怕嫂子吃醋，特地堵自己的话，紧跟着又说："真的啊，大嫂之前，去年不是还有人追你吗？"

……

佟年震惊。

Demo被狠踹了一下屁股，韩商言把他拎到97那边去，两手插在运动裤兜里，装傻。

身边，一双大眼睛没有任何偏移，目光锁在他身上，他脸上。

韩商言咳嗽了声，低声说："这里还真热。"

"嗯。"她敷衍，想要岔开话题，一定心里有鬼。

"其实——"其实个鬼，有什么好解释的，"我这烂脾气，没人追。"

"嗯。"她心不在焉地答应着，都开始否认了，果然心里有鬼。

韩商言真想转身，把 Demo 拎到酒店房间里关禁闭。

明明什么都没做过，怎么搞得像胡搞乱搞过一样？

"而且——"真是胸闷，还不得不解释，"都不记得了，不是重要的人。"

"嗯。"佟年眼睛里渐渐有了点笑意。

"再说了——"韩商言看效果不错，又看看远处的蓝天白云，尽量让自己情绪稳定且语气温柔，"我记性又不好，也就能对你上点儿心。"

佟年眼睛弯弯地也看向蓝天白云，心想一会儿要给他买个冰激凌吃。

8.

当晚，七点。

韩商言按照后妈的建议，带着佟年来到了购物中心。

对，购物中心。

韩商言的第一次陪女孩子购物体验，在新婚后，献给了自己的老婆佟年。一开始他还很敬业地跟着走了两家店，后来，就成了众多等待男士中的一员，他左边是位中年大叔，在玩着手机里的连连看，右边是个戴着眼镜的年轻人，在刷着微博。

韩商言百无聊赖地把手机横放，开始玩《密室风暴》的手机版。

没多会儿，身边大叔和眼镜男都被吸引了，实在是，打得太过瘾了。

大叔看不懂，还在那表扬："小伙子打得不错啊。"

"哥们儿，可以。"

运动鞋前，出现了一双小凉鞋。

他当即收起手机："要买单了？"

佟年扬扬购物袋："买好啦，给你也买了。"

"……怎么没叫我付钱？"

"你不是没钱了吗？"佟年奇怪，"我还给你妈妈也买了。"

新一年俱乐部要建女队，总部批钱过不来，好不容易年终分红的钱，韩商言又全都给垫回俱乐部了，又包了一堆小兔崽子的出国游。说实话……这一个月是真没钱了。

韩商言起身，跟着佟年走向下一个目标。

身后，在他听不到的地方大叔和小年轻已经忍不住开始吐槽，从韩商言陪老婆逛街不买单，讨论到是不是老婆平时在家很受气，继而联想到韩商言这么大年纪了还要老婆去哄自己妈开心，说不定是个妈宝男……

于是，K&K老板陪老婆逛街第一天就被塑造成了"玩物丧志吃软饭大龄妈宝男"，还不自知。且在接下来的店内外总能碰上这俩人，没事就被多看一眼，看得他是莫名暴躁，还没法发火。

9.

迟来的新婚之夜。

鉴于两家是世交的这一个无法忽视的关系，韩商言一直都恪守不能婚前性行为的准则，又碰上婚礼当天佟年不方便，所以没能有真正的新婚之夜。

一到新加坡，两人马不停蹄吃饭、收拾东西、逛街、看灯光表演，等等一系列事件后，回到酒店房间——终于，要迎来了真正的这一夜。

也不算是"夜"，刚七点。

落地窗外，城市的灯火照上来，正是热闹时。

韩商言借口自己走不动了，从商场把她弄回来，但心里蠢蠢欲动的东西掩盖不住，他等不及到真正的睡觉时间了。

佟年在洗手间磨磨唧唧，洗了半小时，涂涂抹抹又半小时。

韩商言想提醒她，洗手间和卧室之间隔着的是磨砂玻璃墙，她在洗手间里晃来晃去的身影有五分清晰，五分模糊……

韩商言靠在沙发上看电视，也不晓得自己在看什么。

轮轴在轨道里滑动的声响，门被拉开。

"韩商言？"她探头，看他。

难得，长头发是散在肩上的，平时她喜欢扎起来。

他点头："怎么了？"

她在对他招手，招财猫的手势，几根手指并拢，勾了两下。

搞什么？

他如此肺腑，但还是"心不甘情不愿"离开沙发。他单手撑在门框边，看她小睡裙领口还挺低，和结婚当晚的不同："搞什么呢？这么久？"

"你……"她往前小半步，轻声问，"喜欢闻什么味道？"

这是什么问题？

"我带了三种味道的身体乳。"

"嗯。"

"你喜欢闻什么味道的？草莓，芒果，还是玫瑰？"

韩商言已经闻到了她长发上的香气，淡淡的柠檬香，刚洗过澡的味道，为什么昨晚一起睡的时候没有闻到？被灌醉了。

女孩子身上的香味，头发上的很具有挑逗性。

或者说……

在今晚，她连眨眼都有着让人无法忽视的诱惑力。

佟年指了指洗手间的水池上，想说：要不你挑挑？

韩商言低头，用鼻尖摩挲着她额头的刘海："再不睡，我可没耐心了。"

"……真不抹了？"

既然她喜欢抹，还是让她完成步骤比较好，毕竟今天晚上要留有好印象。

"抹。"他耐着性子说。

"那你喜欢哪个——"

佟年的后腰被重重拍了下。

"都喜欢，"他敷衍地说，随即又交代了最重点的，"快。"

10.

起点是她最亮的眼睛。

黑暗里，他从她的眼，亲到鼻梁，再往下："佟年？"

自己是什么时候开始对她有兴趣的？

在广州的体育馆，他为什么会莫名其妙走到观众座席和她打招呼？他一个八百年不会和女孩子说话的人，为什么会出现在那个位置，长久以来都困扰着他自己。

从来都是不耐烦任何干扰自己的人、事，除了她。

这又是为什么？

两个人接吻，很慢。

他是不绅士也没耐心的男人，对她是例外。

"韩商言？"

"嗯？"

"你最喜欢我什么？"

喜欢什么？

"谁知道。"韩商言最近的乐趣点之一就是逗她玩，乐此不疲。

果然，小姑娘气鼓鼓的，不言语了。

佟年最吸引他的一点，他从没告诉过任何人，包括她。

就是直接。

没有矫情，没有掩饰，没有纠结的小心思，没有故作聪明的掩饰。

他最缺乏的是安全感，靠付出，把全部在乎的人绑在身边。她的直接，让他时刻能感受到自己被爱着，被需要，永远不会被放弃。

确实是她先爱上他。

而之后，一直是他更需要她。一直是。